김동인을 읽다

김동인을 읽다

전국국어교사모임 지음

머리말

김동인은 매우 다양한 평가를 받는 작가이다. 퇴고 없이 글을 쓴 작가로 유명할 정도로, 쓸 분량만큼 원고지를 미리 책으로 엮어 쪽수까지 매긴 후 수정을 하지 않고 써 내려가는 천재성을 보였다고 한다. 동경 유학 중 18세에 주요한, 전영택, 김환, 최승만 등과 함께 최초의 문예 동인지인 《창조》의 창간을 주도했다. 이 문학적 움직임이 우리 근대문학에 또 다른 활력을 제공했다는 것은 자명하다. 당시 《창조》를 중심으로 한 동인지 문학의 새로운 흐름은 문학의 독자성과 자율성이라는, 오늘날 우리가 당연시하는 문학적 제도를 마련하는 일에 분명한 영향을 끼쳤기 때문이다. 그는 처녀작인 〈약한 자의 슬픔〉(1919)을 시작으로 〈배따라기〉(1921), 〈태형〉(1923), 〈유서〉(1925), 〈감자〉(1925), 〈명문〉(1925) 등의 소설을 통해 한국 문학의 근대성을 추구하며 단편 양식의 확립에 공헌했다.

이렇듯 많은 단편을 발표하고 중요한 작가적 지위를 차지한 것은 분명하다. 그러나 작가로서 사고의 폭과 깊이, 여성 인식, 식민지 지식인으로서 현실 인식 등에서는 부족한 면이 보인다. 철없이 유학길에 올라 참 스승 없이 자라서인지, 불완전하고 미흡한 자신에 대한 지나친 오만을 드러내고 있기 때문이다.

학창 시절 문학 교과서에서 그의 단편소설들을 접하고 느꼈던 파격과 참신성은 인간 김동인을 만나며 씁쓸함으로 변했다. 무엇보다 많은 작품 활동에서 그의 시선은 민족과 당대 현실을 벗어난 것이었다. 1945년 8월 15일, 광복이 되기 두 시간 전에 일본총독부 정보과장을 찾아가 새로운 성전종군작가단(친일)을 만들게 해 달라고 요청한 일화에서 김동인의 현실 인식의 심각성을 알 수 있었다.

그러나 이제는 김동인의 문학이나 비평, 그리고 그 문학사적 의의를 부정하기보다 그가 이뤄놓은 성취를 보다 정확하게 진단함으로써 우리 문학사에서 근대문학의 형성 과정을 정밀하게 고찰하는 것이 중요할 것이다. 우리의 새롭게 읽기를 통해 김동인의 문학은 더욱 깊어질 것이다.

원혜령

차례

01

김동인의 삶과 작품 세계

김동인의 삶

김동인의 생애는 《김동인 연구》(김윤식, 민음사, 1987) 등을 참고했다.

김동인이 낟알을 흩뜨려서 집안 식구들에게 꾸중을 듣고 우는 것을 본 그의 아버지가, 일부러 방 안에 낟알을 쏟아놓고 가지고 놀게 한 것이라고 말했다는 일화는 참으로 인상적이다. 그만큼 부자였다는 얘기고, 어지간히 버릇이 없었겠다는 생각도 든다.

1900년 평안남도 평양 진석동에서 부호인 아버지 김대윤과 그의 둘째 부인 옥씨 사이에서 3남 1녀 중 차남으로 태어난 김동인은 소년 시절을 유복한 귀공자로 자란다. 그러다 아버지가 김동인의 나이 17세에 돌아가시고 나서 집안의 가장은 장남인 김동원이 맡게 된다.

김동원은 도산 안창호의 제자로 신민회 사건* 때 옥살이를 했으

* 1911년 일제가 무단통치의 일환으로 민족운동을 탄압하기 위해 1907년 초에 안창호, 이동녕, 이승훈 등이 조직한 비밀 항일단체인 신민회 간부를 체포하면서 사건을 확대하고 조작하여 105명의 애국지사를 투옥한 사건.

며, 이후 숭실학교와 숭의여중 교장을 지내기도 했다. 김동원은 김동인의 문학관에 지대한 영향을 준 톨스토이를 알게 해준 장본인이기도 하다. 신민회 사건으로 감옥에 간 김동원이 톨스토이의 《부활》을 읽고 싶다고 했을 때, 열두 살이던 김동인이 그 책을 사서 가져다주었던 것이다.

김동인은 1912년 열세 살 때 형 동원이 맡고 있는 기독교 계통 학교인 숭덕소학교를 졸업하고 숭실학교에 입학했다. 2학년 때 시험을 자주 치르는 성경 과목에 불만을 느끼다가 어느 날 책을 펼쳐놓고 시험을 치렀는데, 이를 저지당하자 집으로 돌아와 버린 일이 있었다. 그 일로 학교를 중퇴한 김동인은 이듬해인 1914년에 동경 유학길에 오른다.

김동인이 성경 공부에 심술이 난 것은 친구 주요한의 영향도 컸다. 주요한은 숭덕소학교에서부터 같은 반 친구로, 김동인은 주요한에게 경쟁의식을 갖고 있었다. 그런데 목사였던 그의 아버지가 '한국유학생감독부'의 담당 목사로 뽑혀 도쿄로 갈 때 주요한도 아버지를 따라 유학을 가게 된다. 김동인은 주요한이 자신보다 앞서 나간다는 사실이 마음에 들지 않았던 것이다.

그렇게 1914년 15세의 나이로 일본 유학길에 올랐고, 주요한 보다 아래 학년이 되는 것이 싫어 도쿄학원 중학부에 입학한다. 그런데 1915년 갑자기 도쿄학원이 폐쇄되어 결국 메이지학원에 편입하여 주요한보다 아래 학년이 된다. 그렇지만 주요한과 더욱 활발한 교유를 하게 된다. 그러다 1917년 아버지의 사망으로 일시 귀국해 많은 유산을 상속받게 되고, 이후 평양에서 수산물 도매상을 하던 부유한 상인의 딸 김혜인과 결혼하여 금강산으로 신혼여행을 다녀온다.

문학과 방탕의 길

1918년 9월, 김동인은 아내를 어머니 곁에 두고 다시 도쿄로 건너가 가와바타 미술학교에 들어가지만, 이듬해 중퇴하고 귀국해 버린다. 그러고 나서 동생이 내던 등사판 지하신문에 삼일운동 격문을 썼다가 출판법 위반으로 3개월간 고초를 겪은 뒤 풀려나는데, 이 일로 건강이 매우 나빠진다. 이때의 미결수 체험을 바탕으로 쓴 작품이 〈태형〉이다.

> 더위는 저녁이 되어가며 차츰 더하여진다. 모든 세포는 개개의 목숨을 가진 것같이 더위에 팽창한 몸의 한 부분이라고는 생각할 수가 없었다. 무겁고 뜨거운 공기가 허파에 들어갔다가 나올 때마다 더위는 더하여진다. 이러고야 어찌 열병 환자가 안 날까?
> 닷새 전에 한 사람이 병감으로 나가고, 그저께 또 한 사람 나가고, 오늘은 또 두 사람이 앓고 있다.

〈태형〉에서

이후 그는 주요한 등과 함께 한국 최초의 문예 동인지인 《창조》를 발간하기로 마음먹고, 제작비용 전부를 부담하기로 한다. 1919년 2월 《창조》 창간호가 발행되었는데, 김동인은 여기에 처녀작인 중편 〈약한 자의 슬픔〉을 발표했다. 또 《창조》 7호에는 그의 대표작 가운데 하나인 〈배따라기〉를 발표한다. 하지만 《창조》는 1921년에 9호를 끝으로 폐간된다. 이후 《폐허》의 동인들과 교유하며 주색에 빠져 돈을 물 쓰듯 쓰고 방탕한 생활을 한 것으로 전해진다.

1925년에 단편 〈감자〉를 《조선문단》에 발표하지만, 이후에도 방탕한 생활은 계속되어 급기야 재정적 파탄에 직면하게 된다. 재산을 정리한 돈으로 관개·수리 사업에 손을 댔으나 뜻대로 되지 않았다. 이후 여섯 달간 마작으로 시간을 보내다 평양으로 돌아갔더니, 본가가 남의 손에 넘어가고 부인이 네 살 난 딸을 데리고 가출한 것을 알고 충격에 빠진다. 아내를 찾아가 딸만 데리고 온 뒤 동생 동평과 함께 영화 사업을 벌였으나 역시 실패한다. 김동인의 이러한 생활고는 순수문학만 고집하던 그가 대중 역사소설을 쓰는 계기가 된다. 그는 1929년 동아일보에 대중 역사소설 《젊은 그들》을 연재한다.

1931년에는, 시골 소학교에서 교사 생활을 하던 20세의 김경애와 결혼하여 서울로 이사한다. 이 무렵 그는 돈을 벌기 위해 가장 많은 집필을 한다. 이로 인해 신경증(불면증)이 극도에 달한 것으로 전해진다. "나와 같이 과도의 집필을 하는 사람은 일 년 중 이백 일은 최면제를 써야 하며"라고 할 정도로 집필을 위해 많은 최면제를 복용한 듯하다. 그는 이상의 〈날개〉에 나오는 수면제 아달린을 모든 최면제 중에서 가장 부작용이 없는 것이라고 그의 글에 언급하기도 했다. 김동인의 이러한 심각한 불면증과 최면제 복용이 결국 그를 아편 중독자로 이끌었을 수도 있다.

1932년에 〈발가락이 닮았다〉, 〈붉은 산〉 등을 발표하는데, 이후 1937년까지는 주로 야담 소설과 많은 사담을 쓴다. 극도의 신경증으로 집필이 어려워지자 형 동원의 금광이 있는 평남 영원으로 휴양을 갔다가 수양동우회•로 체포되어 서대문 형무소에 6개월간 수감되었다.

자포자기한 흰 담비의 최후

극도로 불안정한 정신 상태에다 건강마저 악화되어 가던 1938년 12월 31일. 스스로 이태준, 임화 등과 조선총독부를 방문해 일본군 위문의 뜻을 전달한다. 그리고 1939년 4월에 중일전쟁 종군작가로 만주에 가게 되는데, 건강 악화로 수차례 기절하여 오히려 일행들에게 짐이 되었다고 한다. 이후 반년간 심한 글자 상실증에

• 1937년 6월부터 1938년 3월에 걸쳐 일제가 독립계몽 운동단체인 수양동우회에 관련된 181명의 지식인을 검거한 사건. 김동원과 주요한 등도 이때 함께 붙잡혔다.

걸려 보고문을 작성하지 못한다. 1942년 4월에는 일본 정부 관리가 곁에 있는 것을 모르고 천황을 "그 같은 자!"라고 말해 천황 모독죄로 투옥되어 3개월간 옥고를 치르게 되고, 석방된 후 허탈함과 실의에 빠져 마약 중독으로 폐인처럼 지냈다고 한다.

1943년 12월에는 징용을 피하기 위해 친일 단체로 알려진 '조선문인보국회' 간사로 취임하기도 한다. 1945년 조선의 광복 후 결성된 '중앙문화건설협의회'에서 친일로 돌아선 이광수의 제명을 결의하자 부당함을 주장하며 탈퇴하고, 이후 이광수를 적극적으로 변호한다. 1946년 갑자기 찾아온 동맥경화증으로 49세의 나이에 반신불수가 되어 거동을 못 하게 된다. 1950년 6·25 전쟁이 일어났지만 거동이 어려워 피란을 포기하고 서울에 남게 되고, 서울이 함락된 뒤에 인민군에게 심문을 받는다. 1951년 1·4후퇴 때 역시 지병으로 서울에 남아 있다가 1월 5일 새벽에 집에서 사망했다.

백초(흰 담비)는 자기의 털의 순백한 것을 몹시 사랑하고 아껴서 절대로 진흙밭이나 털을 더럽힐 곳은 통행을 안 하고, 돌림길을 하여서라도 그런 곳을 피하여 앞에 더러운 곳이 있고 뒤에 사람이라도 쫓아오면 사람에게 잡히기를 감수할지언정 털 더럽힐 곳은 안 가지만 어쩌다가 실수해서 조금이라도 털을 더럽히면 그 뒤에는 자포가 되어 스스로 더러운 곳에 함부로 뒹굴어 온통 전신을 더럽힌다 한다.

《조광》 1939년 12월호

난알을 흘려도 꾸중은커녕 제멋대로 가지고 놀 수 있도록 살아온 대동강변 부잣집 귀공자 김동인. 그러나 가족들도 이미 폐인이 된 그를 포기하여, 이불 밑에 돈 십만 환을 넣어놓고 피란을 떠난다. 그래서 그는 한마디 유언도 남기지 못한 채 홀로 비참하게 세상을 떠났다. 그의 최후는 그렇게 자포자기한 백초의 모습으로 마무리되고 말았다.

김동인의 작품 세계

김동인의 문학 세계에 대한 정리는 《김동인 연구》(김윤식, 민음사, 1987), 《김동인》(권영민, 벽호, 1995), 《허공의 비극》(최시한, 문학과지성사, 2004), 《김동인론》(김호웅, 아리랑, 1995) 등을 참고했다.

근대 초기 문학사에서 이광수, 염상섭, 현진건 등 동시대의 문학인들은 모두 '최초'라는 수식어가 따라붙을 만큼 문학사적 비중이 크다. 김동인도 이들 못지않은 무게를 지닌 소설가이다.

김동인은 한국 근대 단편소설의 기틀을 확립한 것으로 평가받고 있다. 또한 당대 주류를 이루었던 계몽주의, 즉 문학을 특정 사상을 전파하기 위한 수단으로 바라보았던 시각을 비판하고, 수단이 아닌 예술 그 자체로서 바라보아야 한다고 했다. 소설가 역시 사상과 이념을 떠나 독자적인 예술가로서의 길을 걸어야 한다는 것이었다. 그렇다면 그는 어떻게 문학의 길을 걷게 되었을까?

문학의 시작

동경의 요한을 만나니 요한의 말이 자기는 장차 문학을 전공하겠다 한다.

법률학은 분명 변호사나 판검사가 되는 학문이다. 의학은 분명 의사가 되는 학문이다. 그러나 문학은 장차 무엇이 되며 무엇을 하는 학문인지, 어떻게 생긴 학문인지, 그 윤곽이며 개념조차 짐작할 수 없는 나는 '이 주요한이 나보다 앞섰구나.' 하였다. 소년의 자존심은 요한보다 뒤떨어지는 자기 자신이 스스로 불쾌하고 부끄러워서 학교에 임하는 데도 명치학원을 피하고 동경학원에 들었다. 요한은 일 년 전에 학교에 들었는지라, 그때는 벌써 명치학원 중학부 2학년이었다.

〈문학과 나〉에서

김동인은 주요한에 대한 경쟁심 때문에 유학길에 오르게 되었고, 문학에도 빠지게 되었다. 문학이 무엇인지 짐작도 못 하던 김동인은 탐정소설을 시작으로 여러 소설을 읽어나가면서 조금씩 문학에 눈을 뜨게 된다. 그러고 나서 주요한과 다시 자주 만났다고 한다.

부잣집 아들이라 동인은 당시 갓 나온 세계문학전집을 비롯, 문학 서적을 많이 사 나는 빌려서 탐독했다. 지금도 나는 극도의 근시인데 그때 나빠진 것이다. 톨스토이, 도스토엡스키, 체호프, 투르게네프, 고리키 등 19세기에서 20세기 초에 걸친 러시아 작품을 많이 읽었고, 그중에서도 체호프의 작품을 열심히 읽었다.

요한기념사업회 편, 《주요한 문집: 새벽 1》에서

이렇듯 식민지 소년 김동인이 문학적 성장을 이루는 데는, 유일한 친구이자 스승이며 동반자였던 주요한의 역할이 컸다. 문학이 어떻게 생긴 학문인지도 몰랐던 그는, 주요한 등과 함께 문예 동인지 《창조》를 발행하기에 이른다.

《창조》는 1919년 2월, 18세이던 김동인의 주도로 발행되었다. 밤새 트럼프를 하는 도중에 잡지에 관한 이야기를 하다가 "이백 원이면 창간호를 낼 수 있다."라는 말을 듣고, 자신이 전액 부담하기로 해 《창조》가 만들어졌다. 김동인, 주요한, 전영택, 김환 등이 창간 동인으로 함께했고, 창간호의 첫 면에는 주요한의 〈불놀이〉가 실렸다. 동인은 아니었지만, 김소월의 시 〈그리워〉도 실었다. 1921년 5월 제9호로 폐간되지만, 젊은 문학인들이 주도한 민족적 문학운동이었다는 점에서 의미가 깊다.

인형조종술

김동인은 자신의 소설관을 《창조》 창간호에 밝힌 바 있다. 현재의 조선인은 가정소설, 통속소설 등 흥미 중심의 소설에 매달려 있고 참소설에는 전혀 관심이 없음을 비판한 다음, 참소설을 "인생의 정신이요 사상이요 자기를 대상으로 한 참사랑이요. 참소설이란 민족해방 따위보다 월등히 앞서는, 적어도 '성스러운 그 무엇'이 아닐 수 없다."라고 이야기한다. 또한 김동인은 작가를 신적 존재로, 문학을 종교만큼 성스러운 것으로 여긴다. 작가가 신적인 존재가 되어 인형을 조종하듯 이야기를 풀어가는 것이 소설이라고 생각한 것이다.

> 그러면 톨스토이는 어떠냐? 그도 한 인생을 창조하였다. 하기는 하였지만 그 인생은 틀린 인생이다. 소규모의 인생이다. 그는 범을 그리노라고 개를 그린 화공과 한가지로 참인생과는 다른 인생을 창조하였다. 그러고도 그는 그 인생에 만족하였다. 그리고 그 인생을 자유자재로, 인형 놀리는 사람이 인형 놀리듯 자기 손바닥 위에 놓고 놀렸다. (중략) 톨스토이의 위대한 점은 여기 있다. 그의 창조한 인생은 가짜든 진짜든 그것은 상관없다. 예술에서는 이런 것의 구별이 허락하지 않는다.
>
> 〈자기의 창조한 세계 - 톨스토이와 도스토옙스키를 비교하여〉에서

김동인은 도스토옙스키는 톨스토이보다 진짜 세계를 창조했으나, 불행히도 그것을 지배하지 못하고 질질 끌려다녔다고 생각한다. 그러면서 톨스토이가 도스토옙스키보다 진짜 예술가인 이유는 인형조종술에 뛰어났기 때문이라고 말한다. 이 인형조종술이

야말로 문학의 가장 중요한 요소라고 여긴 것이다. 이러한 인형조종술은 김동인의 삶과 예술관을 관통하고 있다 해도 지나친 말이 아니다.

작품에서 인형조종술을 발휘한 예로 〈광염 소나타〉에 나오는 백성수 아버지의 친구인 '나'를 들 수 있다. 작가는 백성수 아버지의 친구를 서술자 '나'로 내세웠다. "내가 여기 쓰려는 이야기의 주인공 되는 백성수를 혹은 알벨트라 생각하여도 좋을 것이요, 짐이라 생각하여도 좋을 것이요, 또는 호모나 기무라모•로 생각하여도 좋다."라고 밝힌 '나'는 백성수의 아버지, 가정, 유년 시절 등을 속속들이 알고 있는 음악 선생이다. 이렇듯 서술자인 '나'는 신의 자리에서 주인공 백성수라는 인형을 마음대로 조종할 수 있는 것이다.

액자식 구성 또한 그의 인형조종술의 한 면으로 해석할 수 있다. 액자식 구성은 마치 액자 속에 사진이나 그림을 집어넣듯이 이야기 속에 또 하나의 이야기를 넣은 양식이다. 구체적으로 살펴보면, 뱃사람이 자신의 사연을 '나'에게 들려주는 이야기를 전달하는 〈배따라기〉, 음악평론가 K가 들려주는 백성수에 대한 이야기를 사회교화자 모씨와 대화로 풀어가는 〈광염 소나타〉, 어느 의사의 목격담을 적은 수기 형식의 〈붉은 산〉, 현재의 서술자 '여'가

• 호모, 기무라모 호 아무개, 기무라 아무개.

옛이야기를 꾸며보는 설정의 〈광화사〉 등이 액자식 구성을 사용했다. 또한 액자식 구성에 의해 현실로부터 독립된 세계가 마련되자, 김동인은 그 세계에서는 아무 거리낌 없이 인형조종술을 구사할 수 있게 된다. 액자식 구성은 당대 현실과 직접 대면한 채 소설 창작을 진행해야 하는 부담을 내려놓을 수 있는 대안도 되었다.

김동인은 주로 비극적 운명을 그렸는데, 이 또한 인형조종술의 영향이 크다고 볼 수 있다. 특히 극단적인 상황 혹은 비극적 운명에 빠진 인물들을 줄거리 위주로 냉정하게 서술한다. '쥐잡이'를 오해하여 아내가 죽고, 아우는 집을 떠나고, 회한 속에 유랑을 계속해야 하는 형의 운명적 비극을 그린 〈배따라기〉, 생존을 위협하는 가난한 환경 때문에 도덕의식을 상실하고 동물적 인간으로 타락해 마침내 파멸에 이르는 〈감자〉의 복녀, 독립운동을 하다 붙잡혀 감방 생활을 하는 주인공이 점차 동물적 존재로 전락해 가는 모습을 그린 〈태형〉, 남성의 가부장적 권력 때문에 좌절하고 절망하는 여인이 등장하는 〈김연실전〉 등이 그렇다.

김동인의 작품에 등장하는 인물들인 신여성, 주부, 기생, 하인, 회사원, 노동자 등은 모두 비도덕적인 삶을 살아간다는 공통점이 있다. 그 근본 원인은 성격적 결함이나 비극적인 운명 때문이다. 그 인물들은 자신의 의지를 따르기보다는 운명과 환경에 지배당하는 경향이 짙다. 작중 인물들은 사랑과 죽음, 생활의 고단함 등 더 이상 나빠질 수 없는 상황에 항거할 힘이 없는 존재들이다. 바꿔 말하면, 작가는 신적인 위치에서 이들의 상황과 운명을 철저하게 인형처럼 조종하는 것이다.

비뚤어진 여성관과 미의 집착

김동인의 작품들 중에는 억압받는 여성의 비극적 삶을 그린 작품이 많다. 〈약한 자의 슬픔〉, 〈눈을 겨우 뜰 때〉, 〈감자〉, 〈곰네〉, 〈전제자〉, 〈거친 터〉, 〈딸의 업을 이으려〉, 〈죄와 벌〉 등은 남성 중심의 가부장 질서 속에서 억압받고 희생당하는 불행한 여성의 이야기다. 〈눈을 겨우 뜰 때〉와 〈곰네〉에서는 그래도 여성의 내면적 상처를 섬세하게 바라보고 있다. 그러나 불행한 여성의 이야기를 그린 작품들을 자세히 들여다보면, 김동인의 비뚤어진 여성관을 발견하게 된다.

그의 처녀작 〈약한 자의 슬픔〉에서, 여학생 강엘리자벳은 K남작 집 가정교사로 들어갔다가 K남작과 관계를 맺어 임신했으나 K남작의 버림을 받자 이에 격분하여 K남작을 재판소에 고발한다. 하지만 여지없이 재판에 지고 마침내 낙태하기에 이른다. 특이한 점은 유혹하는 쪽이 강엘리자벳이며, 재판에 졌을 때도 K남작에 대한 증오심보다는 자기반성에 더 많은 비중을 둔다는 것이다. 거기다 강엘리자벳에게 '참사랑'을 깨우치게 한 존재가 K남작이라는 결말은 시대착오적이라 할 만하다.

한편, 〈김연실전〉은 기생 출신의 어머니를 둔 김연실이라는 주인공이 어머니의 나쁜 피를 이어받아 어릴 때부터 일본어 개인 교사와 깊은 관계를 맺었고, 어른이 돼서도 수많은 남성과 육체관계를 맺으면서 그것을 자유연애라고 주장하다가 결국 파멸한다는 내용이다. 여성의 성적 타락이 여성을 파멸시킨다는 내용의 이 소설은, 당대 저명한 여성 소설가 김명순을 소재로 했다. 그 때문에 그녀는 평생 '더러운 여자'라는 꼬리표를 달고 힘든 삶을 살았다고 한다. 이 외에도 단편 〈정희〉에서는, 여자는 그저 결혼해서 남편 수발이나 들어야 한다는 여성 비하의 모습을 그대로 드러냈고, 자유롭게 사는 신여성들을 비판하는 여성 혐오를 숨기지 않았다.

김동인은 여성에 대한 냉소와 편견, 왜곡된 여성 인식을 개인사와 연관 짓기도 하나, 사회 현실에 대한 올바른 시각을 갖추지 못한 그의 한계 때문이기도 하다.

이광수 등의 계몽주의에 반기를 들고 순수문학 운동을 전개한 김동인은 '문학은 그저 문학일 뿐'이라는 생각을 가지고 있었다. 문학을 음식의 맛에 비유하며 '맛있으면 그만'이라는 식의 그의 신념은, 1922년 〈배따라기〉에서 비극적이고 낭만적인 형태로 나타나기 시작했다. 그러고 보니 예술가가 주인공인 작품도 많다. 화가가 주인공인 〈유서〉를 비롯해, 〈목숨〉의 시인 M, 〈유성기〉의 음악학도, 〈광염 소나타〉의 피아니스트 백성수, 〈광화사〉의 화가 솔거, 〈명화 리디아〉의 화가 벤트론 등이 있다. 예술가를 주인공으로 내세워 그들의 이야기를 통해 자신의 미학관을 형상화하고자 했다.

김동인은 경제적 파산과 아내의 가출을 겪고 나서 1930년 이후에는 미(美)를 최우선 가치로 여기는 탐미주의로 흘렀다.

> 나는 선과 미, 이 상반된 양자의 사이에 합치점을 발견하려 하였다. 나는 온갖 것을 '미'의 아래 잡아넣으려 하였다. 나의 촉수는 모두 미다. 미는 미다. 미의 반대의 것도 미다. 사랑도 미이다. 미움도 또한 미이다. 선도 미인 동시에 악도 또한 미다. 가령 이런 광범한 의미의 미의 법칙에까지 상반되는 자가 있다면 그것은 무가치한 존재다. 이러한 악마적 사상이 움 돋기 시작하였다. 나의 광포한 사상과 그 사상의 영향인 광포한 생활양식이 이에 시작되었다. (중략)
>
> 나의 행동은 미다. 왜 그러냐 하면, 나의 욕구에서 나왔으니까……
>
> 이리하여 나의 광포한 방탕은 시작되었다. 아직껏 동정은 하였지만 체면 때문에, 혹은 도덕 관념 때문에 더럽다 하던 무수한 광포적 행동이 시작되었다.
>
> 〈나의 소설〉에서

김동인은 '미'를 중심점으로 선(善)을 비롯한 추악함, 더러움 같은 것을 종속시켜 통일하고자 했다. 그러면서 '미'의 추구를 빙자

한 방탕이 예술과 삶의 일치를 몸소 결행하는 것이라는 당당한 선언까지 하는 듯하다.

> "힘있는 예술, 선이 굵은 예술, 야성으로 충일된 예술. 우리는 이것을 기다린 지 오랬습니다. 그럴 때에, 백성수가 나타났습니다.
> 사실 말이지 백성수, 그의 예술은 그 하나하나가 모두 우리의 문화를 영구히 빛낼 보물입니다. 우리의 문화의 기념탑입니다. 방화? 살인? 변변치 않은 집, 변변치 않은 사람은 그의 예술의 하나가 산출되는 데 희생하라면 결코 아깝지 않습니다."
>
> 〈광염 소나타〉에서

김동인은 예술을 위해서라면 그 어떤 희생도 아깝지가 않다고 말한다. 심지어 금기된 것을 위반하면서 생기는 전율과 흥분 속에서 명작이 완성되면 그만이라는 것이다. 참으로 위험한 예술관이다. 그의 예술관에서 나온 '미'는 인간의 존엄을 건드리는 것이다. 이를 굳이 표현한다면 '악마적인 미', '불쾌한 미'라 칭할 수 있겠다.

문학의 끝

온갖 향락을 즐기던 김동인은 파산과 이혼 이후 3년 동안 공적인 활동을 거의 하지 않았다. 그러다 통속소설을 쓰기 시작하는데,

돈이 필요했기 때문이다. 그렇게 《젊은 그들》, 《운현궁의 봄》, 《대수양》, 《을지문덕》 등 대중 역사소설을 집필한다.

몇 푼 안 되는 원고료를 받으려고 그간 거절해 오던 신문 연재소설을 집필하게 된 것이 그의 첫 훼절이라고 한다면, 1940년대에 와서 창씨개명까지 하면서 발표한 수필들은 그의 두 번째 훼절이라 하겠다.

> 조선에서 '내선일체'의 부르짖음이 높이 울리고 내선일체의 대행진이 시작된 것이다. 이번 다시 대동아전이 발발하자 이젠 '내선일체'도 문젯거리가 안 되었다. 한 천황전하의 아래서 생사를 같이하고 영고(榮苦)를 함께할 백성일 뿐이다. '내지'와 '조선'의 구별적 존재를 허락지 않는 한민족일 뿐이다. 역사적으로 종족을 캐자면 다를지 모르나 일본인과 조선인은 합체된 단일민족이다.
>
> 〈감격과 긴장〉에서

1942년 1월 23일 《매일신보》에 발표된 김동인의 수필 가운데 첫 단락이다. "이미 자란 아이들은 할 수 없지만 아직 어린 자식들에게는 '일본과 조선'이 별개 존재란 것을 애당초부터 모르게 하려 한다."라는 구절이야말로 김동인의 변절과 타락이 적나라하게 전해지는 부분이다.

김동인은 이광수, 염상섭, 현진건 등과 함께 한국 근대문학 형성기에 활약한 중요한 작가이다. 30여 년간의 작가 생활을 통해 장편, 중편, 단편을 비롯해 무려 200여 편의 작품을 남겼고, 소설론과 작가론을 본격적으로 집필한 최초의 평론가로서 활발하게 활동했다. 〈춘원 연구〉는 오늘날까지도 좋은 비평문으로 인정받는다. 또한 김동인과 염상섭 간에 전개된 논쟁•은 비평가의 태도에 관해 이루어진 현대문학사의 첫 번째 논쟁이었다.

그러나 문제는 이러한 공헌과 업적을 자기 스스로 우월하게 여기고 선구자적 자리를 내세울 만한 것이었는가 하는 점이다. 모름지기 작가란 그가 살아가는 동시대의 문화를 선도하며 문화의 경계를 넓혀가는 지식인이다. 그가 일본에서 유학하면서 눈을 뜬 문학 세계를 좀 더 폭넓고 깊게, 왜곡되지 않도록 이끌어줄 스승 하나만 만났다면 그의 삶과 작품 세계는 어떻게 변했을까? 그는 참 예술을 추구한 예술가였는지는 몰라도 그 시대의 생존 문제, 민족과 국민의 지향과 정서를 대변하고 그들의 운명을 개선하기 위해 진력하는 참작가는 아니었다.

• 염상섭은《창조》의 일원이었던 김환의 소설을 혹평한 적이 있었는데, 염상섭의 비판에 마음이 상한 김동인과 염상섭 간에 네댓 차례의 논쟁이 이루어졌다.

02

김동인 작품 읽기

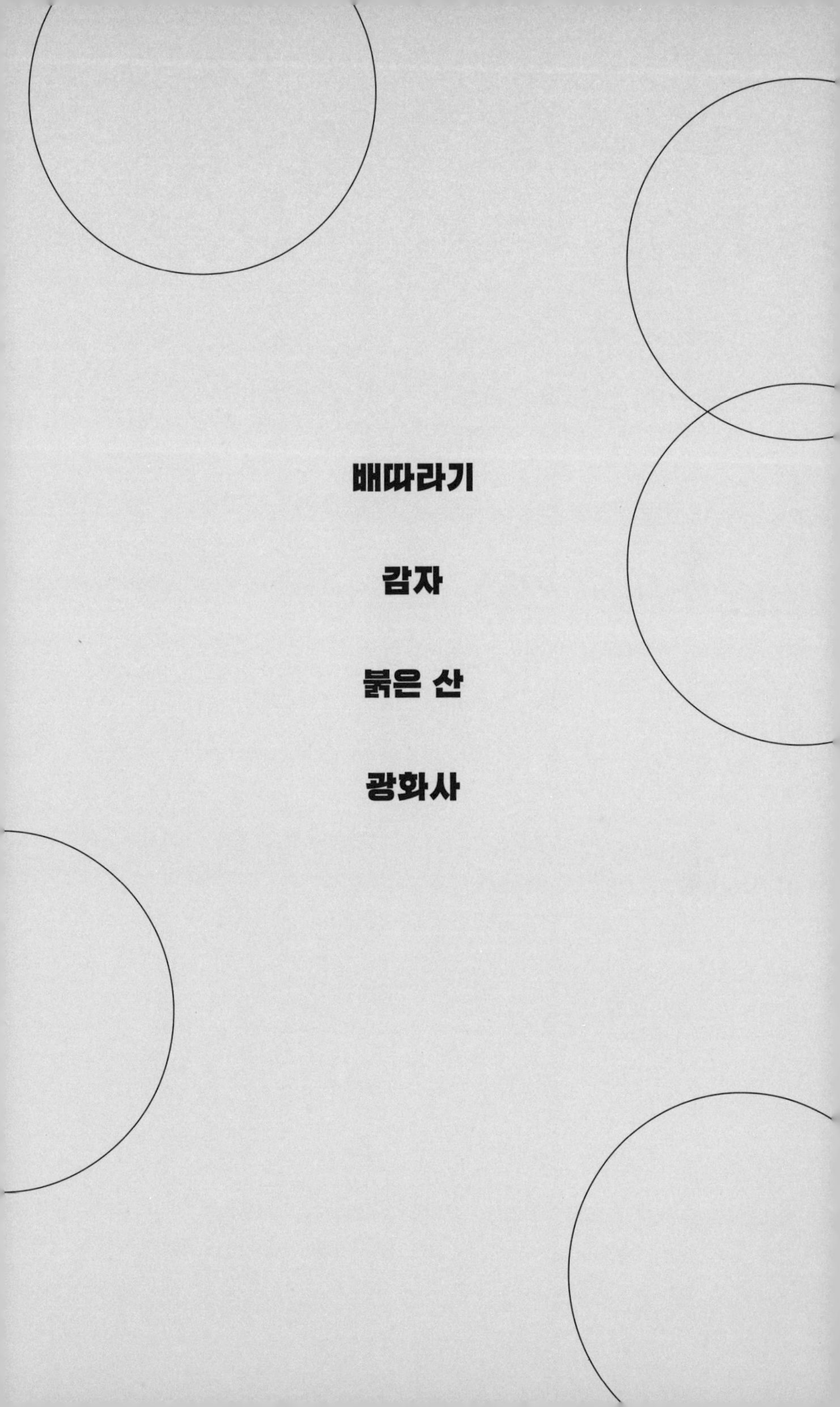

배따라기

감자

붉은 산

광화사

배따라기
감자
붉은 산
광화사

배따라기

좋은 일기이다.

좋은 일기라도, 하늘에 구름 한 점 없는 — 우리 '사람'으로서는 감히 접근치 못할 위엄을 가지고, 높이서 우리 조그만 '사람'을 비웃는 듯이 내려다보는 그런 교만한 하늘은 아니고, 가장 우리 '사람'의 이해자인 듯이 낮추* 뭉글뭉글 엉기는 분홍빛 구름으로서, 우리와 서로 손목을 잡자는 그런 하늘이다. 사랑의 하늘이다.

나는 잠시도 멎지 않고 푸른 물을 황해로 부어내리는 대동강을 향한, 모란봉 기슭 새파랗게 돋아나는 풀 위에 뒹굴고 있었다.

이날은 삼월 삼질, 대동강에 첫 뱃놀이하는 날이다. 까맣게 내려다보이는 물 위에는, 결결이 반짝이는 물결을 푸른 놀잇배들이 타고 넘으며, 거기서는 봄 향기에 취한 형형색색의 선율이, 유단*

- 낮추 낮게.
- 유단 부드러운 비단.

보다도 부드러운 봄 공기를 흔들면서 날아온다. 그러고 거기서 기생들의 노래와 함께 날아오는 조선 아악*은 느리게, 길게, 유창하게, 부드럽게, 그러고 또 애처롭게—모든 봄의 정다움과 끝까지 조화하지 않고는 안 두겠다는 듯이, 대동강에 흐르는 시커먼 봄물, 청류 벽에 돋아나는 푸르른 풀 어음*, 심지어 사람의 가슴속에 봄에 뛰노는 불붙는 핏줄기까지라도, 습기 많은 봄 공기를 다리 놓고 떨리지 않고는 두지 않는다.

봄이다. 봄이 왔다.

부드럽게 부는 조그만 바람이 시커먼 조선 솔을 꿰며, 또는 돋아나는 풀을 스치고 지나갈 때의 그 음악은, 다른 데서는 듣지 못할 아름다운 음악이다.

아아, 사람을 취케 하는 푸르른 봄의 아름다움이여! 열다섯 살부터의 동경(도쿄) 생활에, 마음껏 이런 봄을 보지 못하였던 나는, 늘 이것을 보는 사람보다 곱 이상의 감명을 여기서 받지 않을 수 없다.

평양성 내에는, 겨우 툭툭 터진 땅을 헤치면 파릇파릇 돋아나는 나무색과 돋아나려는 버들의 어음으로 봄이 온 줄 알 뿐 아직 완전히 봄이 안 이르렀지만, 이 모란봉 일대와 대동강을 넘어 보

* 아악 옛날 우리나라의 궁중 음악.
* 어음 풀이나 나무에 새로 돋아나오는 싹. 나무를 베어낸 뿌리에서 나는 싹.

이는 가나안[•] 옥토를 연상시키는 장림[•]에는 마음껏 봄의 정다움이 이르렀다.

그리고 또 꽤 자란 밀, 보리들로 새파랗게 장식한 그 장림의 그 푸른 빛, 만족한 웃음을 띠고 그 벌에 서서 내다보는 농부의 모양은 보지 않아도 생각할 수가 있다.

구름은 자꾸 하늘을 날아다니는 모양이다. 그 밀 위에 비치었던 구름의 그림자는 그 구름과 함께 저편으로 물러가며, 거기는 세계를 아까 만들어놓은 것 같은 새로운 녹빛이 퍼져 나간다. 바람이나 조금 부는 때는 그 잘 자란 밀들은 물결같이 누웠다 일어났다, 일록일청(一綠一靑)으로 춤을 춘다. 그리고 봄의 한가함을 찬송하는 솔개들은 높은 하늘에서 동그라미를 그리면서 더욱더 아름다운 봄의 향기로운 정취를 더한다.

"다스한 봄정에 솟아나리라. 다스한 봄정에 솟아나리라."

나는 두어 번 소리 나게 읊은 뒤에 담배를 붙여 물었다. 담뱃내는 무럭무럭 하늘로 올라간다.

하늘에도 봄이 왔다.

하늘은 낮았다. 모란봉 꼭대기에 올라가면 넉넉히 만질 수가 있으리만큼 하늘은 낮다. 그리고 그 낮은 하늘보다는 오히려 더 높

• 가나안(Canaan) 팔레스타인 지방의 옛 이름. 성서에서는 하느님이 아브라함과 그 자손에게 주겠다고 약속한 '젖과 꿀이 흐르는 땅'이라고 말함.
• 장림 길게 이어져 뻗쳐 있는 숲.

이 있는 듯한 분홍빛 구름은 뭉글뭉글 엉기면서 이리저리 날아다닌다.

나는 이러한 아름다운 봄 경치에 이렇게 마음껏 봄의 속삭임을 들을 때는 언제든 유토피아를 아니 생각할 수 없다. 우리가 시시각각으로 애를 쓰며 수고하는 것은, 그 목적은 무엇인가? 역시 유토피아 건설에 있지 않을까? 유토피아를 생각할 때는 언제든 그 '위대한 인격의 소유자'며 '사람의 위대함을 끝까지 즐긴' 진나라 시황을 생각지 않을 수 없다.

우리가 어찌하면 죽지를 아니할까 하여, 소년 삼백을 배를 태워 불사약을 구하러 떠나보내며, 예술의 사치를 다하여 아방궁을 지으며, 매일 신하 몇천 명과 잔치로써 즐기며, 이리하여 여기 한 유토피아를 세우려던 시황은, 몇만의 역사가가 어떻다고 욕을 하든, 그는 참말로 참삶의 향락자며 역사 이후의 제일 큰 위인이라고 할 수가 있다. 그만한 순전한• 용기 있는 사람이 있고야 우리 인류의 역사는 끝이 날지라도 한 사람을 가졌었다고 할 수 있다.

"큰사람이었었다."

하면서 나는 머리를 흔들었다.

이때다. 기자묘• 근처에서 무슨 슬픈 음률이, 봄 공기를 진동시

• 순전하다 순수하고 완전하다.
• 기자묘 평양에 있는 기자의 묘. 이 묘가 기자의 묘인지 확실한 근거는 없음.

키며 날아오는 것이 들렸다.

나는 무심코 귀를 기울였다.

'영유* 배따라기'다. 그것도 웬만한 광대나 기생은 발꿈치에도 미치지 못하리만큼, 그만큼 그 배따라기의 주인은 잘 부르는 사람이었다.

> 비나이다, 비나이다.
> 산천후토* 일월성신 하나님전 비나이다.
> 실낱같은 우리 목숨 살려달라 비나이다.
> 에—야, 어그여지야.

여기까지 이르렀을 때에 저편 아래 물에서 장구 소리와 함께 기생의 노래가 울리어 오며 배따라기는 그만 안 들리게 되었다. 나는 2년 전 한여름을 영유서 지내본 일이 있다. 배따라기의 본고장인 영유를 몇 달 있어 본 사람은 그 배따라기에 대하여 언제든 한속절없는* 애처로움을 깨달을 것이다. 배따라기에 속절없는 눈물을 흘린 시인이 그 몇일고.

영유, 이름은 모르지만 ×산에 올라가서 내려다보면 앞은 망망

- 영유 평안남도 평원 지역의 옛 지명.
- 산천후토 자연을 다스리는 신.
- 속절없다 단념할 수밖에 딴 도리가 없다.

한 황해이니, 그곳 저녁때의 경치는 한번 본 사람은 영구히 잊을 수가 없으리라. 불덩이 같은 커다란 시뻘건 해가 남실남실 넘치는 바다에 도로 빠질 듯 도로 솟아오를 듯 춤을 추며, 거기서 때때로 보이지 않는 배에서 '배따라기'만 슬프게 날아오는 것을 들을 때엔, 눈물 많은 나는 때때로 눈물을 흘렸다. 이로 보아서, 어떤 원• 의 아내가 자기의 모든 영화를 낡은 신같이 내어던지고 뱃사람과 정처 없는 물길을 떠났다 함도 믿지 못할 말이랄 수가 없다.

영유서 돌아온 뒤에도 그 '배따라기'는 내 마음에 깊이 새기어져 잊으려야 잊을 수가 없었고, 언제 한번 영유를 가서 그 노래를 한 번 더 들어보고 그 경치를 다시 한번 보고 싶은 생각이 늘 떠나지를 않았다.

장구 소리와 기생의 노래는 멎고 배따라기만 구슬프게 날아온다. 결결이 부는 바람으로 말미암아 때때로는 들을 수가 없으되, 나의 기억과 곡조를 종합하여 들은 배따라기는 이 대목이다.

강변에 나왔다가
나를 보더니만,
혼비백산하여

• 원 원님. 조선 시대에 고을을 다스리던 관원을 두루 일컫던 말.

꿈인지 생시인지
와르륵 달려들어
섬섬옥수•로 부여잡고
호천망극하는• 말이
'하늘로서 떨어지며
땅으로서 솟아났나.
바람결에 묻어오고
구름길에 쌓여 왔나.'
이리 서로 붙들고 울음 울 제,
인리 제인•이며
일가친척이 모두 모여

여기까지 들은 나는 마침내 참지 못하고 벌떡 일어서서 소나무 가지에 걸었던 모자를 내려쓰고, 그곳을 찾으러 모란봉 꼭대기에 올라섰다. 꼭대기는 좀 더 노랫소리가 잘 들린다. 그는 배따라기의 맨 마지막, 여기를 부른다.

• 섬섬옥수 가냘프고 고운 여자의 손을 이르는 말.
• 호천망극하다 '하늘이 넓고 끝이 없다.'라는 뜻으로, 끝이 없는 하늘과 같이 부모의 은혜가 크다는 것을 일컫는 말.
• 인리 제인 이웃 고을에 사는 모든 사람들.

밥을 빌어서

죽을 쑬지라도,

제발 덕분에

뱃놈 노릇은 하지 마라.

에—야 어그여지야—

그의 소리로써 방향을 찾으려던 나는 그만 그 자리에 섰다.

“어딘가? 기자묘? 혹은 을밀대?”

그러나 나는 오래 서 있을 수가 없었다. 어떻든 찾아보자 하고, 현무문으로 가서 문 밖에 썩 나섰다. 기자묘의 깊은 솔밭은 눈앞에 쫙 펴진다.

“어딘가?”

나는 또 물어보았다.

이때에 그는 또다시 배따라기를 시초부터 부른다. 그 소리는 왼편에서 온다.

‘왼편이구나.’ 하면서, 소리 나는 곳을 더듬어서 소나무 틈으로 한참 돌다가 겨우, 기자묘치고는 그중 하늘이 넓고 밝은 곳에 혼자서 뒹굴고 있는 그를 찾아내었다. 나의 생각한 바와 같은 얼굴이다. 얼굴, 코, 입, 눈, 몸집이 모두 네모나고, 그의 이마의 굵은 주름살과 시커먼 눈썹은 고생 많이 함과 순진한 성격을 나타낸다.

그는 어떤 신사가 자기를 들여다보는 것을 보고 노래를 그치고 일어나 앉는다.

"왜? 그냥 하지요."

하면서 나는 그의 곁에 가 앉았다.

"머……."

할 뿐 그는 눈을 들어서 터진 하늘을 쳐다본다.

좋은 눈이었다. 바다의 넓고 큼이 유감없이 그의 눈에 나타나 있다. 그는 뱃사람이라 나는 짐작하였다.

"잘하는구레."

"잘해요?"

그는 나를 잠깐 보고 사람 좋은 웃음을 띤다.

"고향이 영유요?"

"예, 머, 영유서 나기는 했디만, 한 이십 년 영윤 가보지두 않았시요."

"왜 이십 년씩 고향엘 안 가요?"

"사람의 일이라니 마음대로 됩데까?"

그는 왜 그러는지 한숨을 짓는다.

"거저, 운명이 데일 힘셉디다."

운명의 힘이 제일 세다는 그의 소리는 삭이지 못할 원한과 뉘우침이 섞여 있다.

"그래요?"

나는 다만 그를 건너다볼 뿐이다.

한참 잠잠하니 있다가 나는 다시 말하였다.

"자, 노형의 경험담이나 한번 들어봅시다. 감출 일이 아니면 한번 이야기해 보소."

"머, 감출 일은……."

"그럼 어디 들어봅시다그려."

그는 다시 하늘을 쳐다보았다. 그러나 좀 있다가,

"하디요."

하면서 내가 담배를 붙이는 것을 보고 자기도 담배를 붙여 물고 이야기를 꺼낸다.

"닞히디두 않는 십구 년 전 팔월 열하룻날 일인데요."

하면서 그가 이야기한 바는 대략 이와 같은 것이다.

그의 살던 마을은 영유 고을서 한 이십 리 떠나 있는, 바다를 향한 조그만 어촌이다. 그의 살던 조그만 마을(서른 집쯤 되는)에서는 그는 꽤 유명한 사람이었다.

그의 부모는 모두 열댓 세 났을 때 돌아갔고, 남은 사람이라고는 곁집•에 딴살림하는 그의 아우 부처•와 그 자기 부처뿐이었다. 그들 형제가 그 마을에서 제일 부자이고 또 제일 고기잡이를 잘

• 곁집 곁으로 이웃하여 있는 집.
• 부처 남편과 아내. 부부.

하였고, 그 중 글이 있었고, 배따라기도 그 마을에서 빼어나게 그 형제가 잘 불렀다. 말하자면 그 형제가 그 동네의 대표적 사람이었다.

팔월 보름은 추석 명절이다. 팔월 열하룻날 그는 명절에 쓸 장도 볼 겸, 그의 아내가 늘 부러워하는 거울도 하나 사 올 겸, 장으로 향하였다.

"당손네 집에 있는 것보다 큰 거이요. 닞디 말구요."

그의 아내는 길까지 따라 나오면서 잊지 않도록 부탁하였다.

"안 닞어."

하면서 그는 떠오르는 새빨간 햇빛을 앞으로 받으면서 자기 마을을 나섰다.

그는 아내를 (이렇게 말하기는 우습지만) 고와했다. 그의 아내는 촌에는 드물도록 연연하고도• 예쁘게 생겼다. (그는 나에게 이렇게 말하였다.)

"성내(평양) 덴줏골(갈보촌)•을 가두 그만한 거 쉽디 않갔시요."

그러니까 촌에서는, 그리고 그 당시에는 남에게 우습게 보이도록 그 내외의 사이는 좋았다. 늙은이들은 계집에게 혹하지 말라고 흔히 그에게 권고하였다.

• 연연하다 아름답고 어여쁘다.
• 갈보촌 창녀촌.

부처의 사이는 좋았지만, 아니 오히려 좋으므로 그는 아내에게 샘을 많이 하였다. 그러고 그의 아내는 시기를 받을 일을 많이 하였다. 품행이 나쁘다는 것이 아니라, 그의 아내는 대단히 천진스럽고 쾌활한 성질로서 아무에게나 말 잘하고 애교를 잘 부렸다.

그 동리에서는 무슨 명절이나 되면, 집이 그 중 정결함을 핑계 삼아 젊은이들은 모두 그의 집에 모이고 하였다. 그 젊은이들은 모두 그의 아내에게 '아즈마니'라 부르고, 그의 아내는 '아즈바니 아즈바니' 하며 그들과 지껄이고 즐기며, 그 웃기 잘하는 입에는 늘 웃음을 흘리고 있었다. 그럴 때마다 그는 한 편 구석에서 눈만 할끔거리며 있다가 젊은이들이 돌아간 뒤에는 불문곡직하고• 아내에게 덤벼들어 발길로 차고 때리며 이전에 사다 주었던 것을 모두 거둬 올린다. 싸움을 할 때에는 언제든 곁집에 있는 아우 부처가 말리러 오며, 그렇게 되면 언제든 그는 아우 부처까지 때려주었다.

그가 아우에게 그렇게 구는 데는 이유가 있었다. 그의 아우는 시골 사람에게는 쉽지 않도록 늠름한 위엄이 있었고, 매일 바닷바람을 쐬었지만 얼굴이 희었다. 이것뿐으로도 시기가 된다 하면 되지만, 특별히 아내가 그의 아우에게 친절히 하는 데는 그는 속이 끓어 못 견디었다.

• 불문곡직하다 옳고 그름을 묻지 아니하다.

그가 영유를 떠나기 반년 전쯤, 다시 말하자면 그가 거울을 사러 장에 갈 때부터 반년 전쯤 그의 생일이었다. 그의 집에서는 음식을 차려서 잘 먹었는데, 그에게는 괴상한 버릇이 있었으니, 맛있는 음식은 남겨두었다 좀 있다 먹고 하는 것이 습관이었다. 그의 아내도 이 버릇은 잘 알 터인데…… 그의 아우가 점심때쯤 오니까, 아까 그가 아껴서 남겨두었던 그 음식을 아우에게 주려 하였다. 그는 눈을 부릅뜨고 '못 주리라'고 암호를 하였지만, 아내는 그것을 보았는지 못 보았는지 그의 아우에게 주어버렸다. 그는 마음속이 자못 편치 못하였다. '트집만 있으면 이년을……' 그는 마음먹었다.

그의 아내는 시아우•에게 상을 준 뒤에 물러오다가 그만 그의 발을 조금 밟았다.

"이년!"

그는 힘껏 발을 들어서 아내를 냅다 찼다. 그의 아내는 상 위에 거꾸러졌다가 일어난다.

"이년, 사나이 발을 짓밟는 년이 어디 있어!"

"거 좀 밟아서 발이 부러텟쉐까?"

아내는 낯이 새빨개져서 울음 섞인 소리로 고함 친다.

"이년! 말대답이……."

• 시아우 시동생. 남편의 남동생.

그는 일어서서 아내의 머리채를 휘어잡았다.

"형님! 왜 이러십니까?"

아우가 일어서면서 그를 붙잡았다.

"가만있거라, 이놈의 자식."

하며 그는 아우를 밀친 뒤에 아내를 되는 대로 내리찧었다.

"죽일 년, 이년! 나가거라!"

"죽여라, 죽여라! 난 죽어도 이 집에선 못 나가!"

"못 나가?"

"못 나가디 않구. 뉘 집이게……."

이때다. 그의 마음에는 그 '못 나가겠다'는 아내의 마음이 푹 들이박혔다. 그 이상 때리기가 싫었다. 우두커니 눈만 흘기고 있다가 그는,

"망할 년, 그럼 내가 나갈라."

하고 그만 문 밖으로 뛰어나와서, "형님, 어디 갑네까?" 하는 아우의 말에는 대답도 안 하고, 곁동네 탁줏집으로 뒤도 안 돌아보고 가서, 거기 있는 술 파는 계집과 술상 앞에 마주 앉았다.

그날 저녁 얼근히 취한 그는 아내를 위하여 떡을 한 돈어치 사가지고 집으로 돌아왔다. 이리하여 또 서너 달은 평화가 이르렀다. 그러나 이 평화가 언제까지는 계속할 수가 없었다. 그의 아우로 말미암아 또 평화는 쪼개져 나갔다.

오월 초승부터 영유 고을 출입이 잦던 그의 아우는, 오월 그믐

께서는 고을서 며칠씩 묵어 오는 일이 많았다. 함께, 고을에 첩을 얻어두었다는 소문이 퍼졌다. 이 소문이 있은 뒤는, 아내는 그의 아우가 고을 들어가는 것을 벌레보다도 더 싫어하고, 며칠 묵어서 오는 때면 곧 아우의 집으로 가서 그와 담판을 하며, 심지어 동서 되는 아우의 처에게까지 못 가게 하지 않는다고 싸우는 일이 있었다. 칠월 초승께 그의 아우는 고을에 들어가서 열흘쯤 묵어 온 일이 있었다. 이때도 전과 같이 그의 아내는 그의 아우며 제수•와 싸우다 못하여, 마침내 그에게까지 와서 아우가 그런 못된 데를 다니는 것을 그냥 둔다고, 해보자 한다. 그 꼴을 곱게 보지 않았던 그는 첫마디로 고함을 쳤다.

"네가 상관이 무에가? 듣기 싫다."

"못난둥이. 아우가 그런 델 댕기는 걸 말리디두 못하구!"

분김에 이렇게 그의 아내는 고함쳤다.

"이년, 무얼?"

그는 일어섰다.

"못난둥이!"

그 말이 채 끝나기 전에 그의 아내는 '악' 소리와 함께 그 자리에 거꾸러졌다.

"이년! 사나이에게 그따윗 말버릇 어디서 배완!"

• 제수 남자 형제 사이에서 남동생의 아내를 이르는 말.

"에미네 때리는 건 어디서 배왔노? 못난둥이."

그의 아내는 울음소리로 부르짖었다.

"상년 그냥? 나갈! 우리 집에 있디 말구 나갈!"

그는 내리찧으면서 부르짖었다. 그리고 아내를 문을 열고 밀쳤다.

"나가디 않으리!"

하고 그의 아내는 울면서 뛰어나갔다.

"망할 년!"

토하는 듯이 중얼거리고 그는 그 자리에 주저앉았다.

그의 아내는 해가 져서 어두워져도 돌아오지 않았다. 일단 내어쫓기는 하였지만, 그는 아내의 돌아옴을 기다리고 있었다. 어두워져서도 그는 불도 안 켜고 성이 나서 우들우들 떨면서 아내가 돌아오기를 기다렸다. 그러나 그의 아내의 참 기쁜 듯이 웃는 소리가 그의 아우의 집에서 밤새도록 울리었다. 그는 움쩍도 안 하고 그 자리에 앉아서 밤을 새운 뒤에, 새벽 동터 올 때 아내와 아우를 죽이려고 부엌에 가서 식칼을 가지고 들어와서 문을 벌컥 열었다.

그의 아내로서 만약 근심스러운 얼굴을 하고 그 문 밖에 우두커니 서서 문을 들여다보고 있지 않았다면, 그는 아내와 아우를 죽이고야 말았으리라.

그는 아내를 보는 순간 마음에 가득 차는 사랑을 깨달으면서, 칼을 내던지고 뛰어나가서 아내의 머리채를 휘어잡고, "이년!" 하면서 들어와서 빰을 물어뜯으면서 함께 이리저리 자빠져서 뒹굴었다.

이리하여 평화는 또 이르렀다.

그런 이야기를 다 하려면 끝이 없으되, 그만 '그', '그의 아내', '그의 아우' 세 사람의 삼각관계는 대략 이와 같다.

각설•.

거울은 마침 장에 마음에 맞는 것이 있었다. 지금 것과 대보면 어떤 때는 코도 크게 보이고 입이 작게도 보이는 것이지만, 그 당시에는, 그리고 그런 촌에서는 둘도 없는 귀물•이었다. 거울을 사가지고 장을 본 뒤에, 그는 이 거울을 아내에게 주면 그 기뻐할 모양을 생각하며, 새빨간 저녁 햇빛을 받는 넘치는 듯한 바다를 안고 자기 집으로, 늘 들러 오던 탁줏집에도 안 들러서 돌아왔다.

그러나 그가 그의 집 방 안에 들어설 때에는 뜻도 안 하였던 광경이 그의 눈에 벌이어 있었다.

방 가운데는 떡 상이 있고, 그의 아우는 수건이 벗어져서 목 뒤로 늘어지고, 저고리 고름이 모두 풀어져 가지고 한 편 모퉁이에서 있고, 아내도 머리채가 모두 뒤로 늘어지고, 치마가 배꼽 아래 늘어지도록 되어 있으며, 그의 아내와 아우는 그를 보고 어찌할

• 각설 화제를 돌려 다른 말을 꺼낼 때, 말머리에 쓰는 말.
• 귀물 귀중한 물건.

줄을 모르는 듯이 움쩍도 안 하고 서 있었다.

세 사람은 한참 동안 어이가 없어서 서 있었다. 그러나 좀 있다가 마침내 그의 아우가 겨우 말했다.

"그놈의 쥐 어디 갔나?"

"흥! 쥐? 훌륭한 쥐 잡댔구나!"

그는 말을 끝내지도 않고 짐을 벗어 던지고 뛰어가서 아우의 멱살을 그러잡았다.

"형님! 정말 쥐가……."

"쥐? 이놈! 형수하고 그런 쥐 잡는 놈이 어디 있니?"

그는 아우를 따귀를 몇 번 때린 뒤에 등을 밀어서 문 밖에 내어 던졌다. 그런 뒤에 이제 자기에게 이를 매를 생각하고 우들우들 떨면서 아랫목에 서 있는 아내에게 달려들었다.

"이년! 시아우와 그런 쥐 잡는 년이 어디 있어!"

그는 아내를 거꾸러뜨리고 함부로 내리찧었다.

"정말 쥐가…… 아이 죽갔다."

"이년! 너두 쥐? 죽어라!"

그의 팔다리는 함부로 아내의 몸에 오르내렸다.

"아이 죽갔다. 정말 아까 적은이(시아우) 왔기에 떡 자시라구 내놓았더니……."

"듣기 싫다! 시아우 붙은 년이, 무슨 잔소릴……."

"아이, 아이, 정말이야요. 쥐가 한 마리 나……"

"그냥 쥐?"

"쥐 잡을래다가……."

"샹년! 죽어라! 물에래두 빠데 죽얼!"

그는 실컷 때린 뒤에, 아내도 아우처럼 등을 밀어 쫓았다. 그 뒤에 그의 등으로,

"고기 배때기에 장사해라!"

토하였다.•

분풀이는 실컷 하였지만, 그래도 마음속이 자못 편치 못하였다. 그는 아랫목으로 가서, 바람벽•을 의지하고 실신한 사람같이 우두커니 서서 떡 상만 들여다보고 있었다.

한 시간…… 두 시간……

서편으로 바다를 향한 마을이라 다른 곳보다는 늦게 어둡지만, 그래도 술시•쯤 되어서는 깜깜하니 어두웠다. 그는 불을 켜려고 바람벽에서 떠나 성냥을 찾으러 돌아갔다.

성냥은 늘 있던 자리에 있지 않았다. 그래서 여기저기 뒤적이노라니까, 어떤 낡은 옷 뭉치를 들출 때에 문득 쥐 소리가 나면서 후덕덕 뛰어나온다. 그리하여 저편으로 기어서 도망한다.

"역시 쥐댔구나!"

• 토하다 속에 있는 말을 하다.
• 바람벽 방을 둘러막은 둘레의 벽.
• 술시 저녁 7시부터 9시까지의 시각.

그는 조그만 소리로 부르짖었다. 그리고 그만 맥없이 덜썩 주저 앉았다.

아까 그가 보지 못한 때의 광경이 활동사진과 같이 그의 머리에 지나갔다.

아우가 집에를 온다. 아우에게 친절한 아내는 떡을 먹으라고 아우에게 떡 상을 내놓는다. 그때에 어디선가 쥐가 한 마리 뛰어나온다. 둘(아우와 아내)이서는 쥐를 잡노라고 돌아간다. 한참 성화시키던• 쥐는 어느 구석에 숨어버린다. 그들은 쥐를 찾느라고 두룩거린다•. 그럴 때에 그가 집에 들어선 것이다.

"상년. 좀 있으믄 안 들어오리……."

그는 억지로 마음먹고 그 자리에 드러누웠다. 그러나 아내는 밤이 가고 날이 밝기는커녕 해가 중천에 올라도 돌아오지를 않았다. 그는 차차 걱정이 나서 찾아보러 나섰다.

아우의 집에도 없었다. 동네를 모두 찾아보아도 본 사람도 없다 한다.

그리하여, 낮쯤 한 삼사 리 내려가서 바닷가에서 겨우 아내를 찾기는 찾았지만, 그 아내는 이전 같은 생기로 찬 산 아내가 아니요, 몸은 물에 불어서 곱이나 크게 되고, 이전에 늘 웃음을 흘리던

• 성화하다 몹시 귀찮게 굴다.
• 두룩거리다 크고 둥그런 눈알을 조금 천천히 자꾸 굴리다.

예쁜 입에는 거품을 잔뜩 문, 죽은 아내였다.

그는 아내를 업고 집으로 돌아오기까지 정신이 없었다.

이튿날 간단하게 장사를 하였다. 뒤에 따라오는 아우의 얼굴에는,

'형님, 이게 웬일이오니까?'

하는 기운이 떠돌았다.

장사를 지낸 이튿날부터 아우는 그 조그만 마을에서 없어졌다. 하루 이틀은 심상히• 지냈지만, 닷새가 지나도 돌아오지 않았다. 그래서 알아보니까, 꼭 그의 아우같이 생긴 사람이 오륙일 전에 멧산재보따리•를 하여 진 뒤에 시뻘건 저녁 해를 등으로 받고 더벅더벅 동쪽으로 가더라 한다. 그리하여 열흘이 지나고 스무날이 지났지만, 한번 떠난 그의 아우는 돌아올 길이 없고, 혼자 남은 아우의 아내는 매일 한숨으로 세월을 보내게 되었다.

그도 이것을 잠자코 보고 있을 수가 없었다. 그 불행의 모든 죄는 죄• 그에게 있었다.

그도 마침내 뱃사람이 되어, 적으나마 아내를 삼킨 바다와 늘 접근하여, 가는 곳마다 아우의 소식을 알아보려고 어떤 배를 얻어 타고 물길을 나섰다.

• 심상히 대수롭지 않게.
• 멧산재보따리 괴나리봇짐. 걸어서 먼 길을 갈 때, 걸머지는 조그마한 봇짐.
• 죄 남김없이 모조리.

그는 가는 곳마다 아우의 이름과 모습을 말하여 물었으나, 아우의 소식은 알 수가 없었다.

이리하여 꿈결같이 십 년을 지내서 구 년 전 가을, 탁탁히• 낀 안개를 꿰며 연안 바다를 지나가던 그의 배는, 몹시 부는 바람으로 말미암아 파선•을 하여 몇몇 사람은 죽고 그는 정신을 잃고 물 위에 떠돌고 있었다.

그가 정신을 차린 때는 밤이었다. 그리고 어느덧 그는 뭍 위에 올라와 있었고, 그를 말리느라고 새빨갛게 피워놓은 불빛으로 자기를 간호하는 아우를 보았다.

그는 이상히도 놀라지도 않고 천연하게• 물었다.

"너, 어떻게 여기 완?"

아우는 잠자코 한참 있다가 겨우 대답하였다.

"형님, 거저 다 운명이외다."

따뜻한 불기운에 깜빡 잠이 들려다가 그는 화닥닥 깨면서 또 말했다.

"십 년 동안에 되게 파랬구나.•"

"형님, 나두 변했거니와 형님두 몹시 늙으셨쉐다."

• 탁탁히 액체나 공기 따위가 맑지 못하고 흐리게.
• 파선 풍파를 만나거나 암초 따위의 장애물에 부딪쳐 배가 파괴됨. 또는 그 배.
• 천연하게 아무렇지도 않은 듯이.
• 파래다 파리하다. 몸이 마르고 낯빛이나 살색이 핏기가 전혀 없다.

이 말을 꿈결같이 들으면서 그는 또 혼혼히• 잠이 들었다. 그리하여 두어 시간, 꿀보다도 단 잠을 잔 뒤에 깨어보니, 아까 빨간 불은 피어 있지만 아우는 어디로 갔는지 없어졌다. 곁의 사람에게 물어보니까, 아까 아우는 형의 얼굴을 물끄러미 한참 들여다보고 있다가 새빨간 불빛을 등으로 받으면서 터벅터벅 아무 말 없이 어둠 가운데로 사라졌다 한다.

이튿날 아무리 알아보아야 그의 아우는 종적이 없어지고 알 수 없으므로, 그는 하릴없이 다른 배를 얻어 타고 또 물길을 떠났다. 그리하여 그의 배가 해주에 이르렀을 때, 그는 해주 장에 들어가서 무엇을 사려다가 저편 맞은편 가게에 걸핏• 그의 아우 같은 사람이 있으므로 뛰어가서 보니 그는 벌써 없어졌다. 배가 해주에는 오래 머물지 않으므로, 그는 마음은 해주에 남겨두고 또다시 바닷길을 떠났다.

그 뒤에 삼 년을 이리저리 돌아다녔어도 아우는 다시 볼 수가 없었다.

그리하여 삼 년을 지내서 지금부터 육 년 전에, 그의 탄 배가 강화도를 지날 날에, 바다를 향한 가파로운 뫼 켠에서 바다를 향하여 날아오는 '배따라기'를 들었다. 그것도 어떤 구절과 곡조는 그

• 혼혼히 정신이 가물가물하고 희미하게.
• 걸핏 무엇이 갑자기 잠깐 나타나는 모양.

의 아우 특식[•]으로 변경된, 그의 아우가 아니면 부를 사람이 없는 '배따라기'이다.

배가 강화도에는 머무르지 않아서 그저 지나갔으나, 인천서 열흘쯤 머무르게 되었으므로, 그는 곧 내려서 강화도로 건너가 보았다. 거기서 이리저리 찾아다니다가 어떤 조그만 객줏집에서 물어보니, 이름도 그의 아우요 생긴 모습도 그의 아우인 사람이 묵어 있기는 하였으나, 사나흘 전에 도로 인천으로 갔다 한다. 그는 곧 돌아서서 인천으로 건너와서 찾아보았지만, 그 조그만 인천에서도 그의 아우를 찾을 바가 없었다.

그 뒤에 눈 오고 비 오며 육 년이 지났지만, 그는 다시 아우를 만나보지 못하고 아우의 생사까지도 알 수가 없다.

말을 끝낸 그의 눈에는 저녁 해에 반사하여 몇 방울의 눈물이 반짝인다.

나는 한참 있다가 겨우 물었다.

"노형 계수[•]는?"

"모르디오. 이십 년을 영유는 안 가봤으니깐요."

"노형은 이제 어디루 갈 테요?"

• 특식 특별하고 특이한 방식.
• 계수 제수. 아우의 아내.

"것두 모르디요. 덩처(정처)가 있나요? 바람 부는 대로 몰려댕기디오."

그는 다시 한번 나를 위하여 배따라기를 불렀다. 아아, 그 속에 잠겨 있는 삭이지 못할 뉘우침, 바다에 대한 애처로운 그리움.

노래를 끝낸 다음에 그는 일어서서 시뻘건 저녁 해를 잔뜩 등으로 받고 을밀대로 향하여 더벅더벅 걸어간다. 나는 그를 말릴 힘이 없어서 멀거니 그의 등만 바라보고 앉아 있었다.

그날 밤, 집에 돌아와서도 그 배따라기와 그의 숙명적 경험담이 귀에 쟁쟁히 울리어서 잠을 못 이루고, 이튿날 아침 깨어서 조반도 안 먹고 기자묘로 뛰어가서 또다시 그를 찾아보았다. 그가 어제 깔고 앉았던 풀은 모두 한편으로 누워서 그가 다녀감을 기념하되, 그는 그 근처에 보이지 않았다. 그러나…… 그러나 배따라기는 어디선가 쟁쟁히 울리어서 모든 소나무들을 떨리지 않고는 안 두겠다는 듯이 날아온다.

"모란봉이다. 모란봉에 있다."

하고 나는 한숨에 모란봉으로 뛰어갔다. 모란봉에는 사람이 하나도 없다. 부벽루에도 없다.

"을밀대다."

하고 나는 다시 을밀대로 갔다. 을밀대에서 부벽루를 연한, 지옥까지 연한 듯한 골짜기에 물 한 방울을 안 새이리라고 빽빽이 난 소나무의 그 모든 잎잎은 떨리는 배따라기를 부르고 있지만, 그는 여기도 있지 않다. 기자묘의, 하늘을 향하여 퍼져 나간 그 모든 소나무의 천만의 잎잎도, 그 아래쪽 퍼진 천만의 풀들도, 모두 그 배따라기를 슬프게 부르고 있지만, 그는 이 조그만 모란봉 일대에서 찾을 수가 없었다.

강가에 나가서 알아보니, 그의 배는 오늘 새벽에 떠났다 한다.

그 뒤에 여름과 가을이 가고 일 년이 지나서 다시 봄이 이르렀으되, 잠깐 평양을 다녀간 그는 그 숙명적 경험담과 슬픈 배따라기를 두었을 뿐, 다시 조그만 모란봉에 나타나지 않는다.

모란봉과 기자묘에 다시 봄이 이르러서, 작년에 그가 깔고 앉아서 부러졌던 풀들도 다시 곧게 대가 나서 자줏빛 꽃이 피려 하지만, 끝없는 뉘우침을 다만 한낱 '배따라기'로 하소연하는 그는, 이 조그만 모란봉과 기자묘에서 다시 볼 수가 없었다. 다만 그가 남기고 간 '배따라기'만 추억하는 듯이, 모든 잎잎이 속삭이고 있을 따름이다.

《창조》 1921년 6월호에 실린 작품을 바탕으로 함.

작품 이해하기

밥을 빌어서 죽을 쓸지라도,

제발 덕분에 뱃놈 노릇은 하지 마라.

에—야 어그여지야—

평안도 지방의 '배떠나기 민요'의 일부이다. 얼마나 힘들었으면 밥을 빌어다 죽을 쑤어 먹을지라도 제발 뱃사람 노릇은 하지 말라고 했을까? 평안도 방언으로 '배떠나기'인 '배따라기' 노래에는 이처럼 뱃사람들의 고달프고 덧없는 생활의 애처로운 한이 담겨 있다. 이 민요와 소설 <배따라기>는 어떤 연관이 있을까?

<배따라기>는 1921년 6월 《창조》 9호에 발표된 단편 액자소설이다. 도입 액자와 종결 액자 사이에 놓여 있는 뱃사람의 이야기가 실제 이 작품의 내용이다. 도입부에서는 유토피아를 꿈꾸는 '나'가 대동강 봄 경치를 구경하다가 뱃사람들의 노래 '배따라기'를 부르는 '그'를 우연히 만나 그가 유랑하게 된 사연을 듣게 된다. 그는 영유 사람으로 사교적이고 어여쁜 아내에 대한 의처증이 있으며, 어부답지 않게 귀티 나는 동생에 대한 열등감을 가진 인물

이었다. 어느 날 아내에게 줄 거울을 사 들고 집에 돌아온 그는 아내와 동생이 옷매무새와 머리가 흐트러진 채로 숨을 허덕이는 것을 보고 오해를 한다. 분노를 삭이지 못하고 아내와 동생을 폭행하고 내쫓은 후에야, 옷 뭉치에서 나온 쥐를 보고 자신의 행동을 후회하게 된다. 다음 날 아내는 극단적인 선택을 해 바다에서 떠오르고, 동생은 고향을 떠나 자취를 감춘다.

그 후 10년이 지난 어느 날, 그는 바닷가에서 동생을 만난다. 그러나 "형님, 그저 다 운명이웨다!" 이 한마디와 함께 동생은 환상처럼 떠나버린다. 그리고 다시 10년 세월을 유랑하지만 동생을 다시 만나지는 못한다.

그날 밤 '나'는 '그'의 숙명적 경험담에 잠 못 이룬다. 다음 날 아침 대동강에 나갔지만 그의 모습은 보이지 않는다.

<배따라기>는 질투와 오해에서 비롯된 형제의 회한과 슬픔을 간직한 이야기이다. 이처럼 우리 삶도 거대한 힘에 조종되는 것이 아닐까 하는 느낌이 들 때가 있다. 우리는 이를 '운명' 또는 '업보'라고 한다. 〈배따라기〉는 운명으로밖에 설명할 수 없는 일로 평범하게 살아가던 사람들의 관계가 무너져버린 모습, 그리고 끝없는 자책과 회한, 방랑과 기다림을 '배따라기' 노래를 통해 예술로 승화한 작품이다.

이 작품에서 아내의 돌발적인 자살이나 사라진 동생과 10년 뒤에 우연히 극적으로 만나는 것 등은 다소 아쉬운 설정이다. 하지만 호흡이 짧은 문장을 통한 직접적이고 역동적인 묘사가 돋보이고 빠른 사건 진행이 두드러진다. 1920년대 초였음을 감안하면, 단편의 양식을 선명히 드러냈다는 점에서 인정할 만한 작품이라 하겠다.

작품 깊이읽기

액자 속에 담긴 운명적 이야기

액자식 구성은 소설에서 흔히 볼 수 있는 기법 중 하나지만, 1921년 당시에는 완성도 높은 액자소설이 드물었다. 외부 이야기 안에 다른 내부 이야기가 펼쳐지는 액자식 구성은 잘못 풀어낼 경우 이야기가 산만해질 수 있다. 그러나 인형조종술의 추종자 김동인은 이 작품에서 액자소설의 장점을 잘 드러내며 낭만적·서사적 분위기를 연출하면서 내용을 담담하게 전달한다.

이 작품은 '그(형)'가 방랑하는 계기가 되는 부분, 그의 방랑 과정, 그리고 화자인 '나'의 서술 부분, 이렇게 3중 구조로 이루어져 있다. 또한 '외부 이야기 - 내부 이야기 - 외부 이야기'로 풀어나가는 액자소설의 전형을 보여준다. 특히 내부 이야기는 외부 서술자를 통해 더욱 견고하게, 그리고 실제로 보는 듯 생생하게 전달된다. 또 타인인 '나'가 중심이 된 외부 이야기를 통해 내부 이야기에 더 이상 손댈 수도 관여할 수도 없는 '저편의' 거리가 생긴다. 그래서 독자는 마치 미술관에 걸린 그림을 감상하는 입장이 되어 소설을 읽게 된다. 이것이 바로 액자소설이 주는 매력이다.

진시황, 네가 왜 거기서 나와

작품의 서두에서 외부 서술자인 '나'는 유토피아를 꿈꾸며 진시황을 역사 이후 최고의 향락자이며, 제일 큰 위인이라고 한다. 만리장성과 아방궁을 세우기 위해 백성들이 겪어야 했던 고통이 '나'에게는 아무런 문제가 되지 않는 것 같다. 오로지 예술적 사치만이 아름다움이라고 여기는 '나'의 생각은 작가 김동인의 예술관이기도 하다.

그간 신의 자리에 도전해 온 김동인에게, 인간의 결정적 한계인 죽음까지도 정복하려 한 진시황이 인류 역사가 끝나는 순간에 길이 남을 위인이자 순전한 용기를 가진 '사람'인 것은 당연한 일일는지 모른다. 이를 대변하는 인물인 '나'는 이상적 공간으로 꿈꾸는 유토피아에 대한 염원이 그만큼 높은 사람이며, 봄의 정취를 즐기는 모습과 진시황에 대한 동경을 통해 아름다움에 대한 열망을 가진 인물임을 알 수 있다.

아무나 부른다고 아름다운 것이 아니다

'나'는 예술적 아름다움이 인생의 궁극적 목적이라고 생각하는 사람이다. 그랬기에 우연히 듣고 매료된 '배따라기' 노래에 이끌리어 그 소리를 찾아다닐 정도가 된 것이다. 여기서 중요한 것은 아무나 부르는 가락이 아닌 '그'가 부른 것이어야만 한다. 왜냐하면 '그'가 부르는 '배따라기' 노래에는 지난 시절에 대한 회한과 서글픔, 애처로움, 슬픔, 아내와 아우를 잃은 서러움이 깊게 담겨 있기 때문이다.

'그'에게는 자신의 오해와 질투로 인해 세 사람의 삶이 망가진 비참하기 그지없는 이야기가 '나'에게는 '배따라기' 노래의 아름다움을 위한 필수요건인 셈이다. '영유'라는 어촌은 애환이 서린 비극적 공간이자 비극미를 이끌어내는 바탕이 된다. 소설 전반에 등장하는 '배따라기' 노랫소리는 등장인물이 겪은 비극과 감정을 구구절절 설명하지 않고도 그 감정을 함축적으로 드러내고 있다. 그리고 이 두 형제의 방랑은 영원과 무한을 내포하는 바다를 배경으로 하는데, 이는 작품에 서정적인 분위기를 더해준다.

배 따 라 기
감 자
붉 은 산
광 화 사

감자

싸움, 간통, 살인, 도둑, 구걸, 징역. 이 세상의 모든 비극과 활극의 근원지인 칠성문• 밖 빈민굴로 오기 전까지는, 복녀의 부처•는 (사농공상의 제2위에 드는) 농민이었다.

복녀는, 원래 가난은 하나마 정직한 농가에서 규칙 있게 자라난 처녀였었다. 이전 선비의 엄한 규율은 농민으로 떨어지자부터 없어졌다 하나, 그러나 어딘지는 모르지만 딴 농민보다는 좀 똑똑하고 엄한 가율•이 그의 집에 그냥 남아 있었다. 그 가운데서 자라난 복녀는 물론 다른 집 처녀들같이 여름에는 벌거벗고 개울에서 멱 감고, 바지 바람으로 동네를 돌아다니는 것을 예사로 알기는 알았지만, 그러나 그의 마음속에는 막연하나마 도덕이라는 것에 대한 저품•을 가지고 있었다.

그는 열다섯 살 나는 해에 동네 홀아비에게 팔십 원에 팔려서

• 칠성문 평양에 있으며 고려 태조 때 창건되었다가 조선 숙종 때 재건됨.
• 부처 부부.
• 가율 집에서 지켜야 할 규율.
• 저품 두려움.

시집이라는 것을 갔다. 그의 새서방(영감이라는 편이 적당할까)이라는 사람은 그보다 이십 년이나 위로서, 원래 아버지의 시대에는 상당한 농민으로서 밭도 몇 마지기가 있었으나, 그의 대로 내려오면서는 하나둘 줄기 시작하여서, 마지막에 복녀를 산 팔십 원이 그의 마지막 재산이었었다. 그는 극도로 게으른 사람이었었다. 동네 노인의 주선으로 소작 밭깨나 얻어주면, 종자만 뿌려둔 뒤에는 후치질• 도 안 하고 김도 안 매고 그냥 버려두었다가는, 가을에 가서는 되는대로 거두어 '금년은 흉년이네.' 하고 전주• 집에는 가져도 안 가고 자기 혼자 먹어버리고 하였다. 그러니까 그는 한 밭을 이태• 를 연하여 부쳐본 일이 없었다. 이리하여 몇 해를 지내는 동안 그는 그 동네에서는 밭을 못 얻을 만큼 인심과 신용을 잃고 말았다.

복녀가 시집을 온 뒤, 한 삼사 년은 장인의 덕택으로 이렁저렁 지내갔으나, 이전 선비의 꼬리인 장인도 차차 사위를 밉게 보기 시작하였다. 그들은 처가에까지 신용을 잃게 되었다.

그들 부처는 여러 가지로 의논하다가 하릴없이• 평양성 안으로 막벌이로 들어왔다. 그러나 게으른 그에게는 막벌이나마 역시 되

• 후치 보습. 땅을 갈아 흙덩이를 일으키는 데 쓰는 농기구에 다는 삽 모양의 쇳조각. '후치질'은 '쟁기질'과 같은 말.
• 전주 밭 주인.
• 이태 두 해.
• 하릴없이 달리 어떻게 할 도리 없이.

지 않았다. 하루 종일 지게를 지고 연광정•에 가서 대동강만 내려다보고 있으니, 어찌 막벌이인들 될까. 한 서너 달 막벌이를 하다가, 그들은 요행 어떤 집 막간(행랑)살이로 들어가게 되었다.

그러나 그 집에서도 얼마 안 하여 쫓겨 나왔다. 복녀는 부지런히 주인집 일을 보았지만, 남편의 게으름은 어찌할 수가 없었다. 매일 복녀는 눈에 칼을 세워가지고 남편을 채근하였지만•, 그의 게으른 버릇은 개를 줄 수는 없었다.

"벳섬• 좀 치워달라우요."

"남 졸음 오는데, 님자 치우시관."

"내가 치우나요?"

"이십 년이나 밥 처먹구 그걸 못 치워?"

"에이구, 칵 죽구나 말디."

"이년, 뭘!"

이러한 싸움이 그치지 않다가, 마침내 그 집에서 쫓겨 나왔다.

이젠 어디로 가나? 그들은 하릴없이 칠성문 밖 빈민굴로 밀리어 오게 되었다.

칠성문 밖을 한 부락•으로 삼고 그곳에 모여 있는 모든 사람들

• 연광정 평양의 대동강가에 있는 누각.
• 채근하다 어떻게 행동하기를 따지어 독촉하다.
• 벳섬 볏섬. 벼를 담는 데 쓰는, 짚으로 엮어 만든 그릇.
• 부락 시골에서 여러 백성들의 집이 모여 이룬 마을.

의 정업• 은 거러지• 요, 부업으로는 도둑질과 (자기네끼리의) 매음•, 그 밖에 이 세상의 모든 무섭고 더러운 죄악이었었다. 복녀도 그 정업으로 나섰다.

그러나 열아홉 살의 한창 좋은 나이의 여편네에게 누가 밥인들 잘 줄까.

"젊은 거이 거랑• 은 왜?"

그런 소리를 들을 때마다 그는 여러 가지 말로, 남편이 병으로 죽어가거니 어쩌거니 핑계는 대었지만, 그런 핑계에는 단련된 평양 시민의 동정은 역시 살 수가 없었다. 그들은 이 칠성문 밖에서도 가장 가난한 사람 가운데 드는 편이었었다. 그 가운데서 잘 수입되는 사람은 하루에 오 리짜리 돈뿐으로 일 원 칠팔십 전의 현금을 쥐고 돌아오는 사람까지 있었다. 극단으로 나가서는, 밤에 돈벌이 나갔던 사람은 그날 밤 사백여 원을 벌어가지고 와서 그 근처에서 담배 장사를 시작한 사람까지 있었다.

복녀는 열아홉 살이었다. 얼굴도 그만하면 빤빤하였다•. 그 동네 여인들의 보통 하는 일을 본받아서, 그도 돈벌이 좀 잘하는 사

• 정업 일정한 직업이나 업무. 여기서는 본업의 뜻.
• 거러지 거지.
• 매음 돈을 받고 몸을 팖.
• 거랑 거랑뱅이, 거렁뱅이. 여기서는 '동냥'을 뜻함.
• 빤빤하다 생김새가 얌전하고 예쁘장하다.

람의 집에라도 간간 찾아가면 매일 오륙십 전은 벌 수가 있었지만, 선비의 집안에서 자라난 그는 그런 일을 할 수가 없었다.

그들 부처는 역시 가난하게 지냈다. 굶는 일도 흔히 있었다.

기자묘• 솔밭에 송충이가 끓었다. 그때 평양부•에서는 그 송충이를 잡는 데 (은혜를 베푸는 뜻으로) 칠성문 밖 빈민굴의 여인들을 인부로 쓰게 되었다.

빈민굴 여인들은 모두 다 지원을 하였다. 그러나 뽑힌 것은 겨우 오십 명쯤이었었다. 복녀도 그 뽑힌 사람 가운데 한 사람이었었다.

복녀는 열심으로 송충이를 잡았다. 소나무에 사다리를 놓고 올라가서는, 송충이를 집게로 집어서 약물에 잡아넣고 또 그렇게 하고, 그의 통은 잠깐 사이에 차고 하였다. 하루에 32전씩의 품삯이 그의 손에 들어왔다.

그러나 대엿새 하는 동안에 그는 이상한 현상을 하나 발견하였다. 그것은 다른 것이 아니라, 젊은 여인부 한 여남은• 사람은 언제나 송충이는 안 잡고, 아래서 지절거리고• 웃고 날뛰기만 하고

• 기자묘 고조선 때에 있었다고 하는 전설상의 기자조선의 시조인 기자의 묘.
• 부 일제강점기에 군(郡)보다 위의 등급으로 설치된 지방 행정 구역. 지금의 시(市)에 해당하는 것으로, 전국 열두 곳에 두었다.
• 여남은 열이 조금 넘는 수.
• 지절거리다 낮은 목소리로 자꾸 지껄이다.

있는 것이었다. 뿐만 아니라, 그 놀고 있는 인부의 품삯은 일하는 사람의 삯전보다 8전이나 더 많이 내어주는 것이었다.

감독은 한 사람뿐이었는데, 감독도 그들의 놀고 있는 것을 묵인할* 뿐 아니라, 때때로는 자기까지 섞여서 놀고 있었다.

어떤 날 송충이를 잡다가 점심때가 되어서, 나무에서 내려와서 점심을 먹고 다시 올라가려 할 때에 감독이 그를 찾았다.

"복네! 얘 복네!"

"왜 그릅네까?"

그는 약통과 집게를 놓은 뒤로 돌아섰다.

"좀 오나라."

그는 말없이 감독 앞에 갔다.

"얘, 너, 음…… 데 뒤 좀 가보자."

"뭘 하례요?"

"글쎄, 가자……."

"가디요. 형님."

그는 돌아서면서 인부들 모여 있는 데로 고함쳤다.

"형님두 갑세다가레."

"싫다 얘. 둘이서 재미나게 가는데, 내가 무슨 맛에 가갔니?"

복녀는 얼굴이 새빨갛게 되면서 감독에게로 돌아섰다.

* 묵인하다 말 없는 가운데 승인하다. 보고도 모르는 체하고 그대로 넘겨버리다.

"가보자."

감독은 저편으로 갔다. 복녀는 머리를 수그리고 따라갔다.

"복네 좋갔구나."

뒤에서 이러한 조롱 소리가 들렸다. 복녀의 숙인 얼굴은 더욱 발갛게 되었다.

그날부터 복녀도 '일 안 하고 품삯 많이 받는 인부'의 한 사람이 되었다.

복녀의 도덕관 내지 인생관은 그때부터 변하였다.

그는 아직껏 딴 사내와 관계를 한다는 것을 생각하여 본 일도 없었다.

그것은 사람의 일이 아니요, 짐승의 하는 짓쯤으로만 알고 있었다. 혹은 그런 일을 하면 탁 죽어지는지도 모를 일로 알았다.

그러나 이런 이상한 일이 어디 다시 있을까. 사람인 자기도 그런 일을 한 것을 보면, 그것은 결코 사람으로 못 할 일이 아니었었다. 게다가 일 안 하고 돈 더 받고, 긴장된 유쾌가 있고, 빌어먹는 것보다 점잖고……. 일본말로 하자면 '삼박자' 같은 좋은 일이 이것뿐이었었다.

이것이야말로 삶의 비결이 아닐까. 뿐만 아니라, 이 일이 있은 뒤부터 처음으로 한 개 사람이 된 것 같은 자신까지 얻었다.

그 뒤부터는, 그의 얼굴에는 조금씩 분도 바르게 되었다.

일 년이 지났다.

그의 처세의 비결은 더욱더 순탄히 진척되었다. 그의 부처는 이제는 궁하게 지내지는 않게 되었다.

그의 남편은, 이것이 결국 좋은 일이라는 듯이 아랫목에 누워서 벌씬벌씬• 웃고 있었다.

복녀의 얼굴은 더욱 이뻐졌다.

"여보, 아즈바니. 오늘은 얼마나 벌었소?"

복녀는 돈 좀 많이 번 듯한 거지를 보면 이렇게 찾는다.

"오늘은 많이 못 벌었쉐다."

"얼마?"

"도무지 열서너 냥."

"많이 벌었쉐다가레. 한 댓 냥 꿰주소고래."

"오늘은 내가……"

어쩌고저쩌고하면, 복녀는 곧 뛰어가서 그의 팔에 늘어진다.

"나한테 들킨 댐에는 꿰구야 말아요."

"나 원, 이 아즈마니 만나믄 야단이더라. 자, 꿰주디. 그 대신 응? 알아 있디?"

"난 몰라요. 해해해해."

"모르믄, 안 줄 테야."

• 벌씬벌씬 입을 벌려 소리 없이 자꾸 벙긋벙긋 웃는 모양.

"글쎄, 알았대두 그른다."

그의 성격은 이만큼까지 진보되었다.

가을이 되었다.

칠성문 밖 빈민굴의 여인들은 가을이 되면 칠성문 밖에 있는 중국인의 채마밭•에 감자(고구마)며 배추를 도적질하러 밤에 바구니를 가지고 간다. 복녀도 감자깨나 잘 도적질하여 왔다.

어떤 날 밤, 그는 감자를 한 바구니 잘 도둑하여 가지고, 이젠 돌아오려고 일어설 때에, 그의 뒤에 시꺼먼 그림자가 서서 그를 꽉 붙들었다. 보니, 그것은 그 밭의 주인인 중국인 왕 서방이었었다. 복녀는 말도 못 하고 멀찐멀찐• 발 아래만 내려다보고 있었다.

"우리 집에 가."

왕 서방은 이렇게 말하였다.

"가재믄 가디. 훤, 것두 못 갈까."

복녀는 엉덩이를 한번 홱 두른 뒤에 머리를 젖히고 바구니를 저으면서 왕 서방을 따라갔다.

한 시간쯤 뒤에 그는 왕 서방의 집에서 나왔다. 그가 밭고랑에서 길로 들어서려 할 때에, 문득 뒤에서 누가 그를 찾았다.

• 채마밭 집에서 가꾸어 먹을 정도의 몇 가지의 나물을 심은 밭. 채소밭.
• 멀찐멀찐 멀뚱멀뚱. 눈만 둥그렇게 뜨고 다른 생각이 없이 물끄러미 쳐다보는 모양.

"복네 아니야?"

복녀는 홱 돌아서 보았다. 거기는 자기 곁집 여편네가 바구니를 끼고 어두운 밭고랑을 더듬더듬 나오고 있었다.

"형님이댔쉐까?"

"님자두 들어갔댔나?"

"형님은 뉘 집에?"

"나? 눅(육) 서방네 집에. 님자는?"

"난 왕 서방네……. 형님 얼마 받았소?"

"눅 서방네……. 그 깍쟁이 놈, 배추 세 페기 ……."

"난 3원 받았디."

복녀는 자랑스러운 듯이 대답하였다.

십 분쯤 뒤에 그는 자기 남편과, 그 앞에 돈 3원을 내어놓은 뒤에, 아까 그 왕 서방의 이야기를 하면서 웃고 있었다.

그 뒤부터 왕 서방은 무시로 복녀를 찾아왔다.

한참 왕 서방이 눈만 멀찐멀찐 앉아 있으면, 복녀의 남편은 눈치를 채고 밖으로 나간다. 왕 서방이 돌아간 뒤에 그들 부처는, 1원 혹은 2원을 가운데 놓고 기뻐하고 하였다.

- 페기 포기. 뿌리를 단위로 한 초목의 낱개를 세는 단위.
- 무시로 시도 때도 없이, 아무 때나.

복녀는 차차 동네 거지들한테 애교를 파는 것을 중지하였다. 왕 서방이 분주하여 못 올 때가 있으면 복녀는 스스로 왕 서방의 집까지 찾아갈 때도 있었다.

복녀의 부처는 이제 이 빈민굴의 한 부자였다.

그 겨울도 가고 봄이 이르렀다.

그때 왕 서방은 돈 100원으로 어떤 처녀를 하나 마누라로 사 오게 되었다.

"흥!"

복녀는 다만 코웃음만 쳤다.

"복녀, 강짜• 하갔구만."

동네 여편네들이 이런 말을 하면, 복녀는 '흥' 하고 코웃음을 웃고 하였다.

내가 강짜를 해? 그는 늘 힘있게 부인하고 하였다. 그러나 그의 마음에 생기는 검은 그림자는 어찌할 수가 없었다.

"이놈 왕 서방. 네 두고 보자."

왕 서방이 색시를 데려오는 날이 가까웠다. 왕 서방은 아직껏 자랑하던 기다란 머리를 깎았다. 동시에 그것은 새색시의 의견이라는 소문이 퍼졌다.

• 강짜 강샘. 상대하고 있는 이성이 다른 이성을 좋아함을 지나치게 시기하는 일.

"흥!"

복녀는 역시 코웃음만 쳤다.

마침내 색시가 오는 날이 이르렀다. 칠보단장•에 사인교•를 탄 색시가, 칠성문 밖 채마밭 가운데 있는 왕 서방의 집에 이르렀다.

밤이 깊도록, 왕 서방의 집에는 중국인들이 모여서 별한• 악기를 뜯으며 별한 곡조로 노래하며 야단하였다. 복녀는 집 모퉁이에 숨어 서서 눈에 살기를 띠고 방 안의 동정을 듣고 있었다.

다른 중국인들은 새벽 두 시쯤 하여 돌아가는 것을 보면서, 복녀는 왕 서방의 집 안에 들어갔다. 복녀의 얼굴에는 분이 하얗게 발리어 있었다.

신랑 신부는 놀라서 그를 쳐다보았다. 그것을 무서운 눈으로 흘겨보면서, 그는 왕 서방에게 가서 팔을 잡고 늘어졌다. 그의 입에서는 이상한 웃음이 흘렀다.

"자, 우리 집으로 가요."

왕 서방은 아무 말도 못 하였다. 눈만 정처 없이 두룩두룩하였다. 복녀는 다시 한번 왕 서방을 흔들었다.

"자, 어서."

"우리, 오늘 밤 일이 있어 못 가."

• 칠보단장 여러 가지 패물로 몸을 꾸밈. 또는 그 꾸밈새.
• 사인교 앞뒤에 두 사람씩 모두 네 사람이 메는 가마.
• 별하다 보통 것과 이상스럽게 다르다.

"일은 밤중에 무슨 일."

"그래두, 우리 일이……"

복녀의 입에 아직껏 떠돌던 이상한 웃음은 문득 없어졌다.

"이까짓 것."

그는 발을 들어서 치장한 신부의 머리를 찼다.

"자, 가자우, 가자우."

왕 서방은 와들와들 떨었다. 왕 서방은 복녀의 손을 뿌리쳤다.

복녀는 쓰러졌다. 그러나 곧 다시 일어섰다. 그가 다시 일어설 때는, 그의 손에는 얼른얼른하는• 낫이 한 자루 들려 있었다.

"이 되놈•, 죽에라 이놈, 나 때렸디! 이놈아, 아이구, 사람 죽이누나."

그는 목을 놓고 처울면서 낫을 휘둘렀다. 칠성문 밖 외딴 밭 가운데 홀로 서 있는 왕 서방의 집에서는 일장•의 활극•이 일어났다.

그러나 그 활극도 곧 잠잠하게 되었다. 복녀의 손에 들려 있던 낫은 어느덧 왕 서방의 손으로 넘어가고, 복녀는 목으로 피를 쏟으면서 그 자리에 고꾸라져 있었다.

- 얼른얼른하다 무엇이 자꾸 보이다 말다 하다. 큰 무늬나 그림자 따위가 물결지어 잇따라 움직이다.
- 되놈 중국 사람을 낮잡아 이르는 말.
- 일장 한바탕. 어떤 일이 벌어진 한판.
- 활극 싸움, 도망, 모험 따위를 주로 하여 연출한 영화나 연극. 격렬한 사건이나 장면을 비유적으로 이르는 말.

복녀의 송장은 사흘이 지나도록 무덤으로 못 갔다. 왕 서방은 몇 번을 복녀의 남편을 찾아갔다. 복녀의 남편도 때때로 왕 서방을 찾아갔다. 둘의 사이에는 무슨 교섭하는* 일이 있었다.

사흘이 지났다.

밤중 복녀의 시체는 왕 서방의 집에서 남편의 집으로 옮겼다. 그리고 시체에는 세 사람이 둘러앉았다. 한 사람은 복녀의 남편, 한 사람은 왕 서방, 또 한 사람은 어떤 한방 의사. 왕 서방은 말없이 돈주머니를 꺼내어 10원짜리 지폐 석 장을 복녀의 남편에게 주었다. 한방 의사의 손에도 10원짜리 두 장이 갔다.

이튿날 복녀는 뇌일혈*로 죽었다는 한방의의 진단으로 공동묘지로 가져갔다.

《조선문단》 1925년 1월호에 발표된 작품을 바탕으로 함.

* 교섭하다 어떤 일을 이루기 위해 서로 의논하다.
* 뇌일혈 뇌의 동맥이 터져서 뇌 속에 혈액이 넘쳐 흐르는 상태.

작품 이해하기

<감자>는 1925년 《조선문단》에 발표한 작품으로 소설가로서의 김동인의 위치를 확고히 해준 작품이다. 가난한 농가에서 바르게 자란 복녀가 환경에 의해 타락해 가는 과정을 보여주는 내용으로, 이러한 소설적 특징 때문에 이 소설을 '자연주의 소설'이라고 부르기도 한다. 긍정적인 현실이나 인간상보다는 부정적인 현실과 인간상을 폭로하는 자연주의의 일반적 특성이 강하게 나타나고 있기 때문이다.

<감자>는 9개의 단락으로 나뉘어 있다. 1단락에서 복녀는 가난하기는 해도 정직한 농가에서 바르게 자라난 처녀였으나 돈에 팔려서 만난 게으른 남편 때문에 가난에 시달리고, 결국 빈민층이 사는 칠성문 밖으로 나온다. 2단락에서 복녀는 처음에는 거지 행각과 허드렛일로 생계를 이어갔으나 그것도 한계점에 도달한다. 3단락은 송충이 잡는 일에 나선 복녀가 감독에게 몸을 팔게 되면서 일 안 하고 품삯 많이 받는 인부의 한 사람이 되는 내용이다. 4단락은 3단락의 부연 설명으로, 복녀의 처세와 도덕관의 변화, 남편의 반응, 5단락은 그로부터 1년 뒤에 복녀가 더욱더 대담해진다는 내용이다. 6단락은 감자를 몰래 캐다 들킨 뒤 왕 서방을 유혹하는 복녀의 모습이 드러나

고, 7단락은 왕 서방과 공공연한 매음을 하게 된다는 내용이다. 8단락은 이듬해 왕 서방이 새색시를 사 오자, 복녀가 낫을 들고 신방에 뛰어들었다가 왕 서방에게 피살되고, 9단락은 그러한 복녀의 죽음을 놓고 남편, 왕 서방과 한의사가 돈이 오가는 공모 뒤 시체를 처리하는 내용이다.

<감자>에서 복녀가 타락하는 일차적인 원인은 가난과 남편의 게으름이라는 환경 때문이었다. 밥을 얻으러 다니기도 하고, 송충이 잡는 일을 하다, 결국에는 몸을 팔기 시작한다. 그녀의 최초의 부정은 타율적인 것이었지만, 나중에는 자율적인 것으로 변화된다. 그렇게 본능에 눈을 뜬 뒤 몸을 팔아 생활해 나가지만, 오히려 부부 관계도 좋아지고 없던 자존감도 채워지게 된다. 그러나 복녀는 결국 스스로를 죽음으로 몰고 간다. 그 죽음의 장면은 한순간의 유혹으로 매음의 길로 빠져든 복녀에게 정해진 운명이었다는 듯 매정하고 비참하다. 이런 측면에서 이 소설은 환경결정론에 바탕을 둔 작품이라고 이야기한다. 환경결정론이란 인물이 처한 환경이 인물의 운명을 결정한다는 견해를 말한다. 복녀가 가난과 물질주의라는 환경적 요인에 물들어 감으로써 비극적 결말에 이르므로 이 환경결정론의 관점과 연관된다.

<감자>는 복녀를 통해 '빈곤과 무지가 빚어내는 인간의 파멸과 타락상'을 비교적 사실적으로 표현한 작품이다. 한 인간이 환경에 의해 어떻게 변하는지를 치밀하고 냉정하게 표현한 작품이다.

작품 깊이읽기

감자인가 고구마인가

이 작품의 제목은 '감자'인데, 김동인은 본문에서 '감자(고구마)'라고 쓰고 있다. 왜일까?

조선 시대에 '감저(甘藷)'라는 말이 쓰였는데, 이는 고구마를 가리키던 말이었다. 감자는 고구마보다 60년 정도 늦은 19세기 초에 한반도에 들어왔는데, '북방에서 온 감저'라는 뜻으로 '북감저'라고 불렸다. 그러니까 고구마와 감자는 각각 '감저'와 '북감저'로 불린 것이다. 그러면서 감자와 고구마의 이름이 혼용되었고, 이는 20세기까지 계속되었다. 이후 감저가 고구마란 이름으로 굳어지면서 북감저는 '감자'로 불리게 되었다.

감자는 주로 여름에 수확하는 작물인데, 이 작품에서는 가을에 감자 서리를 한다고 했다. 고구마의 수확 시기가 보통 7월에서 11월까지이니, 복녀가 훔친 것은 감자가 아니라 고구마일 것이다. 김동인도 나중에 이 사실을 알고 본문에 '감자(고구마)'라고 표현한 것으로 보인다.

감자, 그리고 돈

복녀는 감자밭에서 서리를 하다가 주인에게 들키게 되고, 이때 복녀는 몸으로 감자 값을 처리한다. 그렇게 몸을 파는 인물이 된다. 그런 점에서 '감자'는 환경에 의해 변하는 인간의 모습을 적나라하게 보여주는 하나의 소재이자 도구이다.

<감자>에는 돈의 액수가 구체적으로 제시되어 있다. 복녀가 열다섯에 스무살 많은 홀아비에게 80원에 팔려가고, 기자묘 솔밭에서는 일당 32전을 받는다. 일하지 않고 감독관과 어울린 여자들은 40전, 감자를 훔치다 왕 서방에 걸려서 왕 서방 집에 들어갔다 나오는 장면에서는 3원, 왕 서방이 사 온 새색시는 100원, 복녀의 시체 처리 과정에서 남편과 의사에게 주는 돈 각각 30원과 20원. 작가는 이렇게 상황에 따른 돈의 액수를 구체적으로 제시한다. 이는 현실의 삶이 돈에 의해 지배되는 것을 매우 냉정하게 보여주려는 작가의 치밀한 계산으로 볼 수 있다.

세상 박복한 이름 '복녀'

복녀의 인생은 가부장제 문화 속에서 자신의 의지와 무관하게 진행된다. 팔려서 가게 된 결혼 생활은 남편의 게으름으로 점점 더 가난해진다. 소작농에서 행랑살이로 전락하고, 거기서도 쫓겨나고 칠성문 밖 빈민굴로까지 가게 된다. 그러다 기자묘 송충이잡이에서 우연히 몸을 팔게 되면서 기존의 도덕을 버리고 돈에 매달리게 된다. 게다가 복녀의 이런 생활을 남편이 좋아하고 동조하고 있다. 복녀는 운명과 환경의 힘에 차츰 굴복하여 중국인 왕 서방에게 자신의 생활 전체를 의지하는 기생적인 존재로 전락했고, 급기야 왕 서방에게서 버림을 받고 비참한 죽음을 맞는다.

복녀는 작품 속에서뿐 아니라 작가 김동인에게도 버림받고 멸시를 받은 듯하다. 복녀는 돈에 팔려서 시집을 가고, 무능하고 게으른 남편이라는 가부장적 권력에 휘둘리는 피동적인 존재로, 오로지 쓸모는 돈벌이의 수단일 뿐이다. 남편과 왕 서방 등에게 오직 성의 대상으로만 여겨졌고, 타락한 가운데서 자존감을 찾는 무지한 존재로 표현된 점, 결국 복녀의 죽음을 통해 도덕을 버린 여성을 멸시하는 태도를 보이는 것은 김동인의 비뚤어진 여성관에서 비롯된 것이기도 하다.

그러고 보니 '복녀'라는 이름 자체가 반어이다. 복녀의 삶은 80원에 팔려 갔다가 30원 더 하락한 가치로 생을 마감한, 이름과는 반대로 마지막까지 박복하기 그지없는 삶이었다.

다섯 문장의 결말

① 밤중 복녀의 시체는 왕 서방의 집에서 남편의 집으로 옮겼다.
② 그리고 시체에는 세 사람이 둘러앉았다.
③ 한 사람은 복녀의 남편, 한 사람은 왕 서방, 또 한 사람은 어떤 한방 의사. 왕 서방은 말없이 돈주머니를 꺼내어, 10원짜리 지폐

석 장을 복녀의 남편에게 주었다.

④ 한방 의사의 손에도 10원짜리 두 장이 갔다.

⑤ 이튿날 복녀는 뇌일혈로 죽었다는 한방의의 진단으로 공동묘지로 가져갔다.

<감자>의 결말은 다섯 문장으로 이루어져 있다. 복녀 입장에서 무덤에서 뛰쳐나올 법한 비참한 결말이다. 비정하고 냉소적인 태도를 보일 뿐 복녀에 대한 존엄은 없다. 김동인은 이렇게 숙명적으로 죽어가는 주인공에 대해 일말의 동정도 표시하지 않는다. 몇 마디로 된 단어와 문장으로 사건의 핵심 및 인물의 성격을 꿰뚫는 방식. 사건의 핵심을 파악하고 있는 이러한 방식이야말로 김동인만이 구사한 소설적 특징이다.

또한 방언의 문체화를 처음 시도한 것과 방언과 비속어까지를 그의 문체에 녹여냄으로써 독특한 개성적 성과를 거둔다. 체언형의 생략과 비약이 심한 문체로 특별히 박진감을 준다. 이런 점들은 1920년대 소설에서는 드문 성취라고 할 수 있다.

배따라기
감자
붉은 산
광화사

붉은 산

—어떤 의사의 수기—

그것은 여(余)•가 만주를 여행할 때 일이었다. 만주의 풍속도 좀 살필 겸 아직껏 문명의 세례•를 받지 못한 그들 새에 퍼져 있는 병(病)을 좀 조사할 겸 해서 일 년의 기한을 예산하여• 가지고 만주를 시시콜콜히 다 돌아온 적이 있었다. 그때에 ××촌이라 하는 조그만 촌에서 본 일을 여기에 적고자 한다.

××촌은 조선 사람 소작인만 사는 한 20여 호 되는 작은 촌이었다. 사면을 둘러보아도 한 개의 산도 볼 수가 없는 광막한• 만주의 벌판 가운데 놓여 있는 이름도 없는 작은 촌이었다.

몽고 사람 종자•를 하나 데리고 노새를 타고 만주의 촌촌을 돌아다니던 여가 그 ××촌에 이른 때는 가을도 다 가고 어느덧 광

- 여 나. 스스로를 칭하는 일인칭 대명사.
- 세례 어떤 사건이나 현상으로 받는 영향.
- 예산하다 진작부터 마음에 두어 작정을 하다.
- 광막하다 아득하게 넓다.
- 종자 남에게 종속되어 따라다니는 사람.

포한[*] 북국의 겨울이 만주를 찾아온 때였다.

만주의 어느 곳이라 조선 사람이 없는 곳은 없지만, 이러한 오지[*]에서 한 동리가 죄 조선 사람뿐으로 되어 있는 곳을 만나니 반가웠다. 더구나 그 동리는 비록 모두가 중국인의 소작인이라 하나 사람들이 비교적 온량하고[*] 정직하며, 장성한 이들은 그래도 모두 《천자문》 한 권쯤은 읽은 사람들이었다. 살풍경한[*] 만주, 그 가운데서 살풍경한 살림을 하는 중국인이며 조선 사람의 동리를 근 일 년이나 돌아다니다가 비교적 평화스런 이런 동리를 만나면, 그것이 비록 외국인의 동리라 하여도 반갑겠거든, 하물며 우리 같은 동족의 동리임에랴. 여는 그 동리에서 한 십여 일 이상을 일없이 매일 호별 방문을 하며 그들과 이야기로 날을 보내며 오래간만에 맛보는 평화적 기분을 향락하고 있었다.

'삵'이라는 별명을 가지고 있는 '정익호'라는 인물을 본 곳이 여기서이다.

익호라는 인물의 고향이 어디인지는 ××촌의 아무도 아는 사람이 없었다. 사투리로 보아서 경기 사투리인 듯하지만, 빠른 말

- 광포하다 미쳐 날뛰듯이 매우 거칠고 사납다.
- 오지 해안이나 도시에서 멀리 떨어진 대륙 내부의 땅.
- 온량하다 성품이 온화하고 무던하다.
- 살풍경하다 풍경이 보잘것없이 메마르고 스산하다. 매몰차고 흥취가 없다.

로 쾨쾨거리는• 때에는 영남 사투리가 보일 때도 있고, 싸움이라도 할 때에는 서북• 사투리가 보일 때도 있었다. 그런지라 사투리로써 그의 고향을 짐작할 수가 없었다. 쉬운 일본말도 알고, 한문 글자도 좀 알고, 중국말은 물론 꽤 하고, 쉬운 러시아말도 할 줄 아는 점 등등, 이곳저곳 숱하게 주워먹은 것은 짐작이 가지만, 그의 경력을 똑똑히 아는 사람은 없었다.

그는 여가 ××촌에 가기 일 년 전쯤 빈손으로 이웃이라도 오듯 후덕덕 ××촌에 나타났다 한다. 생김생김으로 보아서, 얼굴이 쥐와 같고 날카로운 이빨이 있으며, 눈에는 교활함과 독한 기운이 늘 나타나 있으며, 바룩한• 코에는 코털이 밖으로까지 보이도록 길게 났고, 몸집은 작으나 민첩하게 되었고, 나이는 스물다섯에서 사십까지 임의로 볼 수가 있으며, 그 몸이나 얼굴 생김이 어디로 보든 남에게 미움을 사고 근접지 못할 놈이라는 느낌을 갖게 한다.

그의 장끼는 투전•이 일쑤며, 싸움 잘하고, 트집 잘 잡고, 칼부림 잘하고, 색시들에게 덤벼들기 잘하는 것이라 한다.

• 쾨쾨거리다 빠르게 자꾸 지껄이다.
• 서북 황해도, 평안도, 함경도 지방을 통틀어 이르는 말.
• 바룩하다 귀나 코, 그릇 따위의 위쪽 가장자리가 밖으로 바라져 있다.
• 투전 노름의 한 가지.

생김생김이 벌써 남에게 미움을 사게 되었고, 게다가 하는 행동조차 변변치• 못한 일만이라, ××촌에서도 아무도 그를 대척하는• 사람이 없었다. 사람들은 모두 그를 피하였다. 집이 없는 그였으나 뉘 집에 잠이라도 자러 가면, 그 집 주인은 두말없이 다른 방으로 피하고 이부자리를 준비하여 주고 하였다. 그러면 그는 이튿날 해가 낮이 되도록 실컷 잔 뒤에, 마치 제 집에서 일어나듯 느직이 일어나서 조반•을 청하여 먹고는 한마디의 사례도 없이 나가버린다.

그리고 만약 누구든 그의 이 청구에 응하지 않으면, 그는 그것을 트집으로 싸움을 시작하고, 싸움을 하면 반드시 칼부림을 하였다.

동리의 처녀들이며 젊은 색시들은 익호가 이 동리에 들어온 뒤로부터는 마음 놓고 나다니지를 못하였다. 철없이 나갔다가 봉변•을 한 사람도 몇이 있었다.

'삵'.

이 별명은 누가 지었는지 모르지만 어느덧 ××촌에서는 익호를 익호라 부르지 않고 '삵'이라고 부르게 되었다.

"삵이 뉘 집에서 묵었나?"

- 변변하다 됨됨이나 생김새가 흠이 없고 어지간하다.
- 대척하다 마주 응하거나 맞서다.
- 조반 아침밥.
- 봉변 뜻밖에 당하는 괴이한 일이나 망신스러운 일.

"김 서방네 집에서."

"다른 봉변은 없었다나?"

"요행히 없었다대."

그들은 아침에 깨면 서로 인사 대신으로 삵의 거취를 알아보고 하였다.

삵은 이 동리에는 커다란 암종•이었다. 삵 때문에 아무리 농사에 사람이 부족한 때라도 젊고 든든한 몇 사람은 동리의 젊은 부녀를 지키기 위하여 동리 안에 머물러 있지 않을 수가 없었다. 삵 때문에 부녀와 아이들은 아무리 더운 여름 저녁에라도 길에 나서서 마음 놓고 바람을 쏘여보지를 못하였다. 삵 때문에 동리에서는 닭의 가리•며 도야지 우리를 지키기 위하여 밤을 새우지 않을 수가 없었다.

동리의 노인이며 젊은이들은 몇 번을 모여서 삵을 이 동리에서 내어쫓기를 의논하였다. 물론 합의는 되었다. 그러나 내어쫓는 데 선착수할• 사람이 없었다.

"첨지가 선착하면 뒤는 내 담당하마."

"뒤는 걱정 말고 형님 먼저 말해보시오."

• 암종 암. 큰 장애나 고치기 어려운 나쁜 폐단을 비유적으로 이르는 말.
• 가리 닭가리. 암탉과 병아리를 가두어 두는 데 쓰는 기구로, 대나무를 잘게 쪼개 엮어 만든다. 위쪽은 뾰족하고 밑으로 갈수록 넓게 엮어나가는 세모기둥 형태이다.
• 선착수하다 남보다 먼저 손을 대다.

제각기 삵에게 먼저 달려들기를 피하였다.

이리하여 동리에서는 합의는 되었으나, 삵은 그냥 태연히 이 동리에 묵어 있게가 되었다.

"며늘년들이 조반이나 지었나?"

"손주놈들이 잠자리나 준비했나?"

마치 그 동리의 모두가 자기의 집안인 것같이 삵은 마음대로 이 집 저 집을 드나들었다.

××촌에서는 사람이라도 죽으면 반드시 조상* 대신으로,

"삵이나 죽지 않고."

하는 한마디의 말을 잊지 않고 하였다.

누가 병이라도 나면,

"에익! 이놈의 병, 삵한테로 가거라."고 하였다.

암종 — 누구든 삵을 동정하거나 사랑하는 사람이 없었다.

삵도 남의 동정이나 사랑은 벌써 단념한 사람이었다. 누가 자기에게 아무런 대접을 하든 탓하지 않았다. 보이는 데서 보이는 푸대접*을 하면 그 트집으로 반드시 칼부림까지 하는 그였었지만, 뒤에서 아무런 말을 할지라도, 그리고 그것이 삵의 귀에까지 갈지

* 조상 남의 죽음에 대하여 슬퍼하는 뜻을 드러내어 상주(喪主)에게 하는 위문.
* 푸대접 정성을 들이지 않고 아무렇게나 하는 대접.

라도 탄하지° 않았다.

"흥……."

이 한마디는 그의 가장 커다란 처세 철학이었다.

흔히 곁동리 중국인들의 투전판에 가서 투전을 하였다. 때때로 두들겨 맞고 피투성이가 되어 돌아오는 일도 있었다. 그러나 그 하소연을 하는 일이 없었다. 한다 할지라도 들을 사람도 없거니와, 아무리 무섭게 두들겨 맞은 뒤라도 하루만 샘물에 상처를 씻고 절룩절룩한 뒤에는 또 그 이튿날은 천연히° 나다녔다.

여가 ××촌을 떠나기 전날이었다.

송 첨지라는 노인이 그해 소출°을 나귀에 실어가지고 중국인 지주가 있는 촌으로 갔다. 그러나 돌아올 때는 그는 송장이 되었다. 소출이 좋지 못하다고 두들겨 맞아서 부러져 꺾어진 송 첨지는, 나귀 등에 몸이 결박°되어서 겨우 ××촌으로 돌아왔다. 그리고 놀란 친척들이 나귀에서 몸을 내리울 때에 절명되었다°.

××촌에서는 왁자하였다°.

- 탄하다 남의 말을 탓하며 나무라다.
- 천연히 시치미를 뚝 떼어 겉으로는 아무렇지 아니한 듯이.
- 소출 논밭에서 생산되는 곡식. 또는 그 곡식의 양.
- 결박 몸이나 손 따위를 움직이지 못하도록 동이어 묶음.
- 절명되다 목숨이 끊어지다.
- 왁자하다 정신이 어지러울 만큼 떠들썩하다.

"원수를 갚자!"

명 아닌 목숨을 끊은 송 첨지를 위하여, 동리의 젊은이며 늙은이는 모두 흥분되었다. 제각기 이제라도 들고일어설 듯하였다.

그러나 그뿐이었다. 누구든 앞장을 서려는 사람이 없었다. 만약 이때에 누구든 앞장을 서는 사람만 있었다면, 그들은 곧 그 지주에게로 달려갔을지 모른다. 그러나 제가 앞장을 서겠노라고 나서는 사람은 없었다. 제각기 곁사람을 돌아보았다.

발을 굴렀다. 부르짖었다. 학대받는 인종의 고통을 호소하며 울었다. 그러나…… 그뿐이었다. 남의 일로 지주에게 반항하여 제 밥자리까지 떼이기를 꺼림인지 어쩐지는 여로는 모를 바로되, 용감히 앞서서 나가는 사람은 없었다.

의사라는 여의 직업상 송 첨지의 시체를 검분을 한 뒤에 돌아오는 길에 여는 삵을 만났다.

키가 작은 삵을 여는 내려다보았다. 삵은 여를 쳐다보았다.

'가련한 인생아. 인종의 거머리야. 가치 없는 생명아. 밥버러지야. 기생충아!'

여는 삵에게 말하였다.

"송 첨지가 죽은 줄 아우?"

- 명 아닌 목숨을 끊은 타고난 수명대로 살지 못하고 뜻하지 않게 죽었다는 뜻인 듯함.
- 검분 직접 보며 검사함.

여의 말에 아직껏 여를 쳐다보고 있던 삵의 눈이 아래로 떨어졌다. 그리고 여가 발을 떼려는 순간 얼핏 삵의 얼굴에 나타난 비창한• 표정을 여는 넘길 수가 없었다.

고향을 떠난 만리 밖에서 학대받는 인종의 가엾음을 생각하고 그 밤은 여도 잠을 못 이루었다.

그 억분함•을 호소할 곳도 못 가진 우리의 처지를 생각하고, 여도 눈물을 금치를 못하였다.

이튿날 아침이었다.

여를 깨우러 오는 사람의 소리에 여는 반사적으로 일어났다.

삵이 동구• 밖에서 피투성이가 되어 죽어 있다는 것이었다.

여는 삵이라는 말에 눈살을 찌푸렸다. 그러나 의사라는 직업상 곧 가방을 수습하여 가지고 삵이 넘어진 데까지 달려갔다. 송 첨지의 장례식 때문에 모였던 사람 몇은 여의 뒤로 따라왔다.

여는 보았다. 삵의 허리가 기역 자로 뒤로 부러져서 밭고랑 위에 넘어져 있는 것을. 여는 달려가 보았다. 아직 약간의 온기는 있었다.

• 비창하다 마음이 몹시 상하고 슬프다.
• 억분하다 억울하고 분하다.
• 동구 동네 어귀.

"익호! 익호!"

그러나 그는 정신을 못 차렸다. 여는 응급수단을 하였다. 그의 사지는 무섭게 경련되었다.

이윽고 그가 눈을 번쩍 떴다.

"익호! 정신 드나?"

그는 여의 얼굴을 보았다. 끝이 없이 한참을 쳐다보았다.

그의 동자가 움직였다. 겨우 의의• 를 깨달은 모양이었다.

"선생님, 저는 갔었습니다."

"어디를?"

"그놈…… 지주 놈의 집에."

무얼? 여는 눈물 나오려는 눈을 힘있게 닫았다. 그리고 덥석 그의 벌써 식어가는 손을 잡았다. 잠시의 침묵이 계속되었다. 그의 사지에서는 무서운 경련이 끊임없이 일었다. 그것은 죽음의 경련이었다. 듣기 힘든 작은 그의 소리가 또 그의 입에서 나왔다.

"선생님."

"왜?"

"보구 싶어요. 전 보구 시……"

"뭐이?"

그는 입을 움직였다. 그러나 말이 안 나왔다. 기운이 부족한 모

• 의의 말이나 글의 속뜻.

양이었다. 잠시 뒤에 그는 또다시 입을 움직였다. 무슨 소리가 그의 입에서 나왔다.

"무얼?"

"보구 싶어요. 붉은 산이…… 그리고 흰 옷이!"

아아, 죽음에 임하여 그는 고국과 동포가 생각난 것이었다. 여는 힘있게 감았던 눈을 고즈넉이 떴다. 그때에 삵의 눈도 번쩍 띄었다. 그는 손을 들려 하였다. 그러나 이미 부러진 그의 손은 들리지 않았다. 그는 머리를 돌이키려 하였다. 그러나 그 힘이 없었다.

그의 마지막 힘을 혀끝에 모아가지고 그는 다시 입을 열었다.

"선생님."

"왜?"

"저것…… 저것……"

"무얼?"

"저기 붉은 산이…… 그리고 흰 옷이……. 선생님, 저게 뭐예요?"

여는 돌아보았다. 그러나 거기는 황막한• 만주의 벌판이 전개되어 있을 뿐이었다.

"선생님 창가 불러주세요. 마지막 소원…… 창가를 해주세요. 동해물과 백두산이 마르고 닳도록……."

• 황막하다 거칠고 아득하게 넓다.

여는 머리를 끄덕이고 눈을 감았다. 그리고 입을 열었다. 여의 입에서는 창가가 흘러나왔다.

여는 고즈넉이 불렀다.

"동해물과 ××××……"

고즈넉이 부르는 여의 창가 소리에 뒤에 둘러섰던 다른 사람의 입에서도 숭엄한 코러스는 울리어 나왔다.

"무궁화 삼천리 화려 강산……"

광막한 겨울의 만주벌 한편 구석에서는 밥버러지 익호의 죽음을 조상하는 숭엄한 노래가 차차 크게 차차 엄숙하게 울리었다. 그 가운데서 익호의 몸은 점점 식었다.

《삼천리》 1932년 4월호에 실린 작품을 바탕으로 함.

작품 이해하기

이 작품은 김동인이 1932년 《삼천리》에 발표한 단편소설로, '어떤 의사의 수기'라는 부제가 붙어 있다. 부제처럼, 어느 의사의 목격담을 적은 짤막한 이야기다. 일제강점기에 만주로 이주하여 살던 우리 민족이 이민족에게 겪은 수난사를 다루고 있다.

작중 화자인 '여(의사)'가 목격하게 된 사건은 크게 두 가지인데, 그 사건은 한참 뒤에 소개되고, 작품 서두부터 꽤 많은 부분이 주인공 '삵(익호)'의 인간 됨됨이와 그에 대한 다른 사람들의 태도를 서술하는 데 할애되고 있다. 정익호라는 인물은, 어디에서 흘러들어 왔는지는 알 수 없으나 '삵'이라는 별명으로 불린다. 삵은 동네에서 깡패로 소문난 사람으로, 동네 사람들의 미움과 저주에도 아랑곳하지 않고 제멋대로 행동하며 1년이나 보낸다. 그는 괴팍하고 간교할 뿐만 아니라 생김새나 행동거지가 사람들의 이맛살을 찌푸리게 하고 미움을 사도록 한다. 그는 투전, 싸움, 트집, 칼부림, 색시에게 덤벼들기 등 온갖 못된 짓을 다 한다. 동네 사람들은 이런 삵을 쫓아내기로 합의하지만 실현시키지는 못한다.

'나'가 목격하게 된 사건 가운데 하나는 이 동네 주민인 송 첨지가 그 해

소작료를 나귀에 싣고 만주인 지주에게 바치러 갔다가 부당하게 폭행을 당하여 죽게 된 것이다. 이에 주민 모두가 원수를 갚자고 흥분하나, 막상 지주와 맞서려는 사람은 없다. 또 하나는 이런 이야기를 들은 삵에 대한 것이다. 송 첨지의 죽음에 대해 알게 된 삵의 얼굴에 비장한 기운이 서리고, 다음 날 아침 그는 동구 밖의 밭고랑에서 피투성이가 된 채로 발견된다. 그가 홀로 못된 만주인 지주의 집에 가서 송 첨지를 죽인 분풀이를 한 것이다. 마을 사람들이 모여 불러주는 애국가를 들으며 그는 죽어간다.

인간다운 점이란 찾아볼 수 없는 삵이 아무도 엄두를 못 내는 일을 해낸 것이다. 가장 비인간적이며 파렴치한 삵에게도 민족애는 남아 있었던 모양이다. 갑작스럽고 납득이 안 되는 삵의 보복 행위. 이는 나라 잃은 슬픔과 울분을 안고 살아가던 사람들에게 하나의 불씨가 되었을 듯하다. 이제 ××촌 사람들은 더 이상 부당함에 주저하거나 침묵하지 않을지도 모른다.

작품 깊이읽기

철저한 방관자

이 작품의 서술자인 '여'는 의사이다. 만주에 유행하는 질병을 조사할 겸, 만주에 살고 있는 동포들의 생활상을 둘러볼 겸 해서 만주 곳곳을 여행하던 중 ××촌에 들렀을 때 겪었던 일을 서술하고 있다.

'여'는 작품 속 인물로 등장하지만, 사건 전개 과정에서 중요성을 지니는 인물은 아니다. 보고 듣고 느낀 바를 관찰자 입장에서 전하는 역할에 충실할 뿐이다. '여'는 송 첨지의 죽음을 자신의 삶과 철저하게 떨어뜨려 놓고 생각하며, 마을 사람들이 해결해야 할 문제로 인식하는 듯하다. 그렇다 보니, 삵을 쫓아낼 용기도 없고 중국인 지주에게 맞설 용기도 없는 마을 사람들처럼 방관자에 머물게 된다.

두들겨 맞고 허리가 꺾어져 죽은 송 첨지와 삵. 이처럼 비극적인 사건을 담은 작품의 부제가 '어떤 의사의 수기'라니……. 비극적이고 처참한 이야기에 대한 시선이 너무도 담담한 것 같다.

익호에서 삵, 삵에서 익호

<붉은 산>의 주동인물 익호(삵)는 서술자 '여'에 의해 해설적으로 제시되고 있다. 특이한 점은 전반부에서 삵이 지닌 '암종'의 측면만 조명하고 어떤 다면성이나 갈등도 보여주지 않다가, 후반부에서는 갑작스럽게 생각지도 못한 모습으로 변모한다는 것이다.

작품의 전반부에서 삵은 마을 사람들의 이익을 보호하지 않고 오히려 손해를 주는 비도덕적이고 공격적이고 차갑고 독립적이며 반사회적인 인물이었다. 그러다가 송 첨지의 죽음을 계기로 마을 주민들을 대신해 홀로 나서, 만주라는 타국에서 중국인 지주로부터 받는 부당함에 맞선다. 그렇게 그는 드디어 이름처럼 이익을 수호하는 '익호(益護)'가 된다. 이쯤 되니, 숨겨온 출신이나 경력이 있을지도 모른다는 생각까지 든다. 그러나 없다. 그래서 아쉽다.

어쨌든 '여'와 주민들은 전혀 알지 못했던 '삵'의 거룩한 마음과 목적을 깨닫게 된다. 익호가 민족의 독립을 원하며 민족과 조국에 대한 깊은 사랑과 그리움이 있었다는 것을 알게 된다. 이를 극대화한 장면이 바로 애국가를 부르는 장면이다. 또한 제목 '붉은 산'은 '조국'을, '흰옷'은 '우리 민족'을 상징한다고 본다. 그래서 이 작품을 민족주의를 내세우고 있는 작품으로 분류하기도 한다.

일본이 아닌 중국에 저항?

이 작품의 시간적 배경은 일제강점기인데, 민족적 저항의식이 분출되는 대상이 왜 일본인이 아니고 중국인일까?

소설이 발표된 때는 1933년 4월, 그야말로 '불온 창가'였던 애국가를 부르는 장면이 연출되는데 일제 검열 당국은 왜 이를 도려내지 않았을까? 이는 만보산 사건과 역사적으로 관련이 있다.

1931년 7월 일어난 만보산 사건은 중국 지린성 장춘 근처의 만보산이란 곳에서 조선인과 중국인 간에 발생한 충돌로, 농사를 위해 조선인들이 판 수로가 문제가 된 사건이다. 그 수로 때문에 자신들의 경작지의 물길이 막혔다고 본 중국인들이 들고일어났으나, 조선인 농민들은 일본 영사관 경찰의 비호를 받으며 버텼다. 만주에서 조선인과 중국인 사이를 이간질할 필요가 있던 일본은 이 사건을 《조선일보》 호외를 발행해 조선 농민 200여 명이 중국 관민 800여 명에게 공격당했다고 보도한다. 사실 여부와 관계없이 이 호외는 안 그래도 만주에서 중국인들이 조선인을 학대한다는 소식에 분노하던 조선인들을 폭발시키고 만다. 그날부터 조선인들은 전국 도처에서 중국인 가옥과 점포를 습격하고 눈에 띄는 중국인이 있으면 다짜고짜 폭행하거나 살해했다. 특히 피해가 극심했던 곳은 평양이었다. 평양에서만 130명의 중국인이 죽임을 당한다. 그 대상이 누구이든, 근거 없는 공포로 인한 혐오가 만들어낸 끔찍한 결과이자 우리 민족의 흑역사이기도 하다. 어쩌면 일제 당국은, 해방시켜 준 은공도 모르고 항일 전선에 나선 조선인들을 이 소설이 각성시켜 주기를 바랐는지 모른다. 그렇게만 된다면 소설에 '불온 창가' 한 소절쯤 들어가는 것은 눈감아줘도 될 일이었다.

이런 면에서 작가의 무거운 책무를 생각해 보지 않을 수 없다. 시대의 아픔을 날카롭게 바라보고 민중이 행동하게 하는 데 기여하는 것에 대한 고민은 없어 보인다. 인형조종술을 그의 작품에서 휘두르던 김동인은 없고, 그 인형이 된 김동인만 남아 있다.

배따라기
감자
붉은 산
광화사

광화사

인왕(仁王)•.

바위 위에 잔솔•이 서고 잔솔 아래는 이끼가 빛을 자랑한다.

굽어보니 바위 아래는 몇 포기 난초가 노란 꽃을 벌리고 있다. 바위에 부딪히는 잔바람에 너울거리는 난초잎.

여(余)는 허리를 굽히고 스틱•으로 아래를 휘저어 보았다. 그러나 아직 난초에서는 사오 척•의 거리가 있다. 눈을 옮기면 계곡.

전면이 소나무의 잎으로 덮인 계곡이다. 틈틈이는 철색•의 바위도 보이기는 하나, 나무 밑의 땅은 볼 길이 없다. 만약 여로서 그 자리에 한번 넘어지면 소나무의 잎 위로 굴러서 저편 어디인지 모를 골짜기까지 떨어질 듯하다.

여의 등 뒤에도 이삼 장•이 넘는 바위다. 그 바위에 올라서면 무

- 인왕 인왕산. 서울 종로구와 서대문구 홍제동 경계에 있는 산.
- 잔솔 어린 소나무.
- 스틱 막대기, 단장, 지팡이.
- 척 길이의 단위. 1척은 한 치의 열 배로 약 30.3cm에 해당한다.
- 철색 검푸르죽죽한 빛.
- 장 한 길. 한 길은 사람의 키 정도의 길이.

학재[•]로 통한 커다란 골짜기가 나타날 것이다. 여의 발아래도 장여(丈餘)[•]의 바위다. 그 아래는 몇 포기 난초, 또 그 아래는 두세 그루의 잔솔, 잔솔 넘어서는 또 바위, 바위 위에는 도라지꽃. 그 바위 아래로부터는 가파른 계곡이다.

그 계곡이 끝나는 곳에는 소나무 위로 비로소 경성 시가의 한 편 모퉁이가 보인다. 길에는 자동차의 왕래도 가막하게[•] 보이기는 한다. 여전한 분요[•]와 소란의 세계는 그곳에 역시 전개되어 있기는 할 것이다.

그러나 여기 지금 서 있는 곳은 심산[•]이다. 심산이 가지어야 할 온갖 조건을 구비하였다.

바람이 있고, 암굴[•]이 있고, 산초 산화[•]가 있고, 계곡이 있고, 샘물이 있고, 절벽이 있고, 난송(亂松)[•]이 있고…… 말하자면 심산이 가져야 할 유수미(幽邃味)[•]를 다 구비하였다.

- 무학재 무악재. 서울 서대문구 현저동과 홍제동 사이에 있는 고개. 조선 시대 태조가 도읍터를 물색하기 위해 몸소 무학 대사를 데리고 와서 조사했다고 하여 '무학재'라고도 한다.
- 장여 한 길 남짓.
- 가막하다 까막허다. 까마득하다.
- 분요 어수선하고 소란스러움.
- 심산 깊은 산.
- 암굴 바위에 뚫린 굴.
- 산초 산화 산에 자란 풀과 꽃.
- 난송 어지럽게 자란 소나무.
- 유수미 그윽하고 깊은 맛.

본시는 이 도회•는 심산 중의 한 계곡이었다. 그것을 오백 년간을 닦고 갈고 지어서 오늘날의 경성부를 이룬 것이다.

이러한 협곡에 국도(國都)•를 창건한 이태조의 본의•가 어디 있었는지는 알 길이 없다. 그러나 오늘날의 한 산보객의 자리에서 보자면, 경성은 세계에 유례가 없는 미도(美都)일 것이다.

도회에 거주하며 식후의 산보로써 푸대님• 채로써 이러한 유수한 심산에 들어갈 수 있다 하는 점으로 보아서, 경성에 비길 도회가 세계에 어디 다시 있으랴.

회흑색의 지붕 아래 고요히 누워 있는 오백 년의 도시를 눈 아래 굽어보는 여의 사위•에는 온갖 고산식물•이 난성하고•, 계곡에 흐르는 물소리와 눈 아래 날아드는 기조(奇鳥)•들은 완연히 여로 하여금 등산객의 정취를 느끼게 한다.

여는 스틱을 바위틈에 꽂아놓았다. 그러고 굴러떨어지기를 면키 위하여 바위와 잔솔의 새에 자리 잡고 비스듬히 앉았다. 담배

• 도회 사람이 많이 살고 상공업이 발달한 번잡한 지역.
• 국도 한 나라의 중앙 정부가 있는 도시.
• 본의 본디부터 변함없이 그대로 가지고 있는 마음.
• 푸대님 풀대님. 한복 바지나 고의를 입고 대님을 매지 않은 채 그대로 터놓는 일.
• 사위 사방의 둘레.
• 고산식물 높은 산에서 저절로 나는 식물.
• 난성하다 어지럽게 자라다.
• 기조 기묘하고 이상한 새.

를 피우고 싶었으나 잠시의 산보로 여기고 담배도 안 가지고 나온 발이 더듬더듬 여기까지 미쳤으므로 담배도 없다.

시야의 한편에는 이삼 장의 바위, 다른 한편에는 푸르른 하늘, 그 끝으로는 솔잎이 서너 개 어렴풋이 보인다. 그윽이 코로 몰려 들어오는 송진 내음새. 소나무에 불리는 바람 소리.

유수키 짝이 없다. 여가 지금 앉아 있는 자리는 개벽• 이래로 과연 몇 사람이나 밟아보았을까. 이 바위 생긴 이래로 혹은 여가 맨 처음 발 대어본 것이 아닐까. 아까 바위를 기어서 이곳까지 올라오느라고 애쓰던 그런 맹랑한• 노력을 하여본 바보가 여 이외에 몇 사람이나 있었을까. 그런 모험을 맛보기 위하여 심산을 찾은 용사는 많을 것이로되, 결사적• 인왕 등산을 한 사람은 그리 많으리라고 생각되지 않는다.

등 뒤 바위에는 암굴이 있다.

뱀이라도 있을까 무서워서 들어가 보지는 않았지만, 스틱으로 휘저어 본 결과로 두세 사람은 넉넉히 들어가 앉아 있음 직하다.

이 암굴은 무엇에 이용할 수가 없을까.

음모의 도시 한양은 그새 오백 년간 별별 음흉한 사건이 연출되

• 개벽 세상이 처음으로 생겨 열림.
• 맹랑하다 생각하던 바와 달리 허망하다.
• 결사적 죽기를 각오하고 있는 힘을 다할 것을 결심한 것.

었다. 시가 끝에서 반시간 미만에 넉넉히 올 수 있는 이런 가까운 거리에 달린 암굴은, 있는 줄 알기만 하였으면 혹은 음모에 이용되지 않았을까.

공상!

유수한 맛에 젖어 있던 여는 이 암굴 때문에 차차 불쾌한 공상에 빠지기 시작하려 한다.

온갖 음모, 그 뒤를 잇는 살육, 모함, 방축•, 이조 오백 년간의 추악한 모양이 여로 하여금 불쾌한 공상에 빠지게 하려 한다.

여는 황망히• 이런 불쾌한 공상에서 벗어나려고 또 주머니에 담배를 뒤적이었다. 그러나 담배는 여전히 있을 까닭이 없었다.

다시 눈을 들어서 안하•를 굽어보면 일면•에 깔린 송초(松梢)•!

반짝!

보매 한 줄기의 샘이다. 소나무 틈으로 보이는 그 샘은 아마 바위 틈을 흐르는 샘물인 듯. 똘똘똘똘 들리는 것은 아마 바람 소리겠지. 저렇듯 멀리 아래 있는 샘의 소리가 이곳까지 들릴 리가 없다.

• 방축 그 자리에서 쫓아냄.
• 황망히 마음이 몹시 급하여 당황하고 허둥지둥하는 면이 있게.
• 안하 눈 아래. 내려다보이는 곳.
• 일면 어떤 범위의 지면이나 바닥.
• 송초 소나무 가지.

샘물!

저 샘물을 두고 한 개 이야기를 꾸며볼 수가 없을까. 흐르는 모양도 아름답거니와 흐르는 소리도 아름답고 그 맛도 아름다운 샘물을 두고 한 개 재미있는 이야기가 여의 머리에 생겨나지 않을까. 암굴을 두고 생겨나려던 음모·살육의 불쾌한 공상보다 좀 더 아름다운 다른 이야기가 꾸며지지 않을까.

여는 바위틈에 꽂았던 스틱을 도로 뽑았다. 그 스틱으로써 여의 발아래 바위를 가볍게 두드리면서 한 개 이야기를 꾸며보았다.

한 화공이 있다.

화공의 이름은? 지어내기가 귀찮으니 신라 때의 화성(畵聖)•의 이름을 차용하여 솔거라 하여두자.

시대는?

시대는 이 안하에 보이는 도시가 가장 활기 있고 아름답던 시절인 세종 성주의 대쯤으로 하여둘까.

백악•이 흘러내리다가 맺힌 곳. 거기는 한양의 정기를 한몸에 지닌 경복궁 대궐이 있다. 이 대궐의 북문인 신무문 밖 우거진 뽕밭

• 화성 매우 뛰어난 화가를 높여 이르는 말.
• 백악 백악산. 서울의 북쪽에 있는 북악산의 옛 이름.

새에 중로(中老)[•]의 사나이가 오뇌스러운[•] 얼굴을 하고 숨어 있다.

화공 솔거였다.

무르익은 여름 뜨거운 볕은 뽕잎이 가리어준다 하나, 훈훈한 기운은 머리 위 뽕잎과 땅에서 우러나서 꽤 무더운 이 뽕밭 속에 숨어 있는 화공. 자그마한 보따리에는 점심까지 싸가지고 온 것으로 보아서 저녁까지 이곳에 있을 셈인 모양이다.

그러나 무얼 하는지. 단지 땀을 뻘뻘 흘리며 오뇌스러운 얼굴로 앉아 있을 뿐이다.

왕후 친잠(王后親蠶)[•]에 쓰이는 이 뽕밭은 잡인들이 다니지 못할 곳이다. 하루 종일을 사람의 그림자 하나 얼씬하지 않는다.

때때로 바람이 우수수하니 뽕나무 위로 불기는 하나, 솔거가 숨어 있는 곳에는 한 점의 바람도 들어오지 않는다. 이 무더운 속에 솔거는 바람이 불 적마다 몸을 흠칫흠칫 놀라며, 그러면서도 무엇을 기다리는 듯이 뽕나무 그루 아래로 저편 앞을 주시하고 한다.

이윽이[•] 석양이 무악을 넘고 이 도시에도 황혼이 들었다.

날이 어둡기를 기다려서 이 화공은 몸을 숨겨가지고 거기서 나왔다.

• 중로 젊지도 않고 아주 늙지도 않은 사람. 또는 조금 늙은 사람.
• 오뇌스럽다 한탄하고 번뇌하는 듯하다.
• 왕후 친잠 양잠(누에를 기르는 일)을 장려하기 위해 왕비가 몸소 누에를 치던 일.
• 이윽이 시간이 꽤 지나, (밤이) 꽤 깊어.

"오늘은 헛길•. 내일이나 다시 볼까."

한숨을 쉬면서 제 오막살이를 찾아 돌아가는 화공. 날이 벌써 꽤 어두웠지만 그래도 아직 저녁 빛이 약간 남은 곳에 내어놓은 이 화공은 세상에 보기 드문 추악한 얼굴의 주인이었다. 코가 질병 자루• 같다. 눈이 퉁방울• 같다. 귀가 박죽• 같다. 입이 나발통• 같다. 얼굴이 두꺼비 같다. 소위 추한 얼굴을 형용하는 온갖 형용사를 한 얼굴에 지닌 흉한 얼굴의 주인으로서, 그 얼굴이 또한 굉장히도 커서 멀리서 볼지라도 그 존재가 완연하리만• 하다.

이 얼굴을 가지고는 백주에는 나다니기가 스스로 부끄러울 것이다.

아닌 게 아니라 솔거는 철이 들은 이래 아직껏 백주에 사람 틈에 나다닌 일이 없었다.

일찍이 열여섯 살에 스승의 중매로써 어떤 양가 처녀와 결혼을 하였었지만, 그 처녀는 솔거의 얼굴을 보고 기절을 하고 기절에서

• 헛길 목적을 이루지 못하고 헛수고만 하고 가거나 옴.
• 질병 자루 질흙으로 만든 병의 손잡이.
• 퉁방울 품질이 낮은 놋쇠로 만든 방울. 퉁방울처럼 불거진 둥그런 눈을 '퉁방울눈'이라고 한다.
• 박죽 밥주걱.
• 나발통 나발(나팔). 보기 싫게 둥그렇고 큰 입을 비유적으로 이르는 말.
• 완연하다 눈에 보이는 것처럼 아주 뚜렷하다.
• 백주 환히 밝은 낮.

깨어나서는 그냥 집으로 도망쳐 버리고, 그다음에 또 한 번 장가를 들어보았지만, 그 색시 역시 첫날밤만 정신 모르고 치른 뒤에는 이튿날은 무서워서 죽어도 같이 못 살겠노라고 부모에게 떼를 써서 두 번째의 비극을 겪고……. 이러한 두 가지의 사변•을 겪고 난 뒤에는 솔거는 차차 여인이라는 것을 보기를 피하여 오다가, 그 괴벽•이 점점 자라서 나중에는 일절 사람이란 것의 얼굴을 대하기가 싫어졌다.

사람을 피하기 위하여, 그리고 또한 일방으로는 화도•에 정진하기 위하여 인가를 떠나서 백악의 숲속에 조그만 오막살이를 하나 틀고 거기 숨은 지 근 삼십 년. 생활에 필요한 물건 혹은 그림에 필요한 물건을 구하기 위하여 부득이 거리에 나가야 할 필요가 있을 때는 반드시 밤을 택하였다. 피할 수 없이 낮에 나갈 때는 방립•을 쓰고 그 위에 얼굴을 베•로 가리었다.

화도에 발을 들여놓은 지 근 사십 년. 부득이한 금욕 생활, 부득이한 은둔 생활을 경영한 지 삼십 년. 여인에게로 소모되지 못한

• 사변: 사람의 힘으로는 피할 수 없는 천재(자연의 변화로 일어나는 재앙)나 그 밖의 큰 사건을 이르는 말.
• 괴벽 괴이한 버릇.
• 화도 그림을 그리는 올바른 도리.
• 방립 가늘게 쪼갠 대나무를 엮어 짜서 만든 큰 삿갓.
• 베 삼실, 무명실, 명주실 따위로 짠 천.

정력은 머리로 모이고, 머리로 모인 정력은 손끝으로 뻗어서 종이에 비단에 갈겨 던진 그림이 벌써 수천 점. 처음에는 그 그림에 대하여 아무 불만도 느껴보지 않았다.

하늘에서 타고난 천분•과 스승에게서 얻은 훈련과 저축된 정력의 소산인 한 장의 그림이 생겨날 때마다 그것을 보면서 스스로 만족히 여기고 스스로 자랑스러이 여기던 그였다.

그러나 그런 과정을 밟기 이십 년에 차차 그의 마음에 움 돋은 불만. 그것은 어떻게 보자면 화도에는 이단적인 생각일는지도 모를 것이다.

좀 다른 것은 그릴 수가 없는가.

산이다. 바다다. 나무다. 시내다. 지팡이 짚은 노인이다. 다리다. 혹은 돛단배다. 꽃이다. 과즉• 달이다. 소다. 목동이다.

이 밖에 그가 아직 그려본 것이 무엇이었던가.

유원(幽遠)한• 맛, 단 한 가지밖에 없는 전통적 그림보다 좀 더 다른 것을 그려보고 싶다.

아직껏 스승에게 배운 바의 백발백염•의 노옹이나 피리 부는 목동 이외에 좀 더 얼굴에 움직임이 있는 사람을 그려보고 싶다. 표

- 천분 타고난 재질이나 직분.
- 과즉 기껏해야.
- 유원하다 심오하여 아득하다.
- 백발백염 하얀 머리와 하얀 수염.

정이 있는 얼굴을 그려보고 싶다.

이리하여 재래의 수법을 아낌없이 내어던진 솔거는 그로부터 십 년간을 사람의 표정을 그리느라고 세월을 보냈다.

그러나 사람의 세상을 멀리 떠나서 따로이 사는 이 화공에게는 사람의 표정이 기억에 가맣다•.

상인들의 간특한• 얼굴, 행인들의 덜난• 무표정한 얼굴, 새꾼•들의 싱거운 얼굴…… 그새 보고 지금도 대할 수 있는 얼굴은 이런 따위뿐이다. 좀 더 색채 다른 표정은 없느냐.

색채 다른 표정!

색채 다른 표정!

이 욕망이 화공의 마음에 익고 커가는 동안, 화공의 머리에 솟아오르는 몽롱한 기억이 있다.

이 화공의 어머니의 표정이다.

지금은 거의 그의 기억에서 사라졌지만, 어린 시절에 자기를 품에 안고 눈물 글썽글썽한 눈으로 굽어보던 어머니의 표정이 가끔 한순간씩 그의 기억의 표면까지 뛰쳐올랐다.

• 가맣다 까맣다. 기억이나 아는 바가 거의 없다.
• 간특하다 간사하고 악독하다.
• 덜나다 하는 짓이나 됨됨이가 매우 어리석고 미련하다.
• 새꾼 나무꾼.

그의 어머니는 희세°의 미녀였다. 대대로 이후의 자손의 미(美)까지 모두 미리 빼앗았던지, 세상에 드문 미인이었다.

화공은 이 미녀의 유복자°였다.

아비 없는 자식을 가슴에 붙안고 눈물 머금은 눈으로 굽어보던 표정.

철이 들은 이래로 자기를 보는 얼굴에서는 모두 경악과 공포밖에는 발견하지 못한 이 화공에게는 사십여 년 전의 어머니의 사랑의 아름다운 얼굴이 때때로 몸서리치도록 그리웠다.

그것을 그려보고 싶었다.

커다란 눈에 그득히 담긴 눈물. 그러면서도 동경과 애무°로써 빛나던 눈. 입가에 떠오르던 미소.

번개와 같이 순간적으로 심안(心眼)°에 나타났다가는 사라지는 이 환영을 화공은 그려보고 싶었다.

세상을 피하고 세상에서 숨어 살기 때문에 차차 삐뚤어진 이 화공의 괴벽한 마음에는, 세상을 그리는 정열이 또한 그만치 컸다. 그리고 그것이 크면 크니만치 마음속에는 늘 울분과 분만°이 차 있었다.

- 희세 세상에 드묾.
- 유복자 태어나기 전에 아버지를 여읜 자식.
- 동경과 애무 그리움과 사랑.
- 심안 마음의 눈.
- 분만 억울하고 원통한 마음이 가득함.

지금도 세상에서는 한창 계집 사내들이 서로 부둥켜안고 좋다고 야단할 것을 생각하고는 음울한• 얼굴로 화필•을 뿌리는 화공.

이러한 가운데서 나날이 괴벽하여 가는 이 화공은 한 개 미녀상을 그려보고자 노심하였다•.

처음에는 단지 아름다운 표정을 가진 미녀를 그려보고자 하였다.

그러나 미녀를 가까이 본 일이 없는 이 화공이 마음대로 되지 않는 붓끝에 역정을 내며 애쓰는 동안, 차차 어느덧 미녀상에 대한 관념이 달라갔다.

자기의 아내로서의 미녀상을 그려보고 싶어졌다.

세상 놈들은 자기에게 아내를 주지 않는다.

보면, 한 마리의 곤충, 한 마리의 날짐승도 각기 짝을 찾아 즐기고 짝을 찾아 좋아하거늘, 만물의 영장•인 사람이 짝 없이 오십 년을 보냈다 하는 데 대한 분만이 일어났다.

세상 놈들은 자기에게 한 짝을 주지 않고, 세상 계집들은 자기에게 오려는 자가 없이 홀몸으로 일생을 보내다가 언제 죽는지도 모르게 이 산골에서 죽어버릴 생각을 하면, 한심하기보다 도리어

• 음울하다 기분이나 분위기 따위가 음침하고 우울하다.
• 화필 그림을 그리는 데 쓰는 붓.
• 노심하다 마음으로 애를 쓰다.
• 영장 영묘한 힘을 가진 우두머리라는 뜻으로, '사람'을 이르는 말.

이렇듯 박정한• 사람의 세상이 미웠다.

세상이 주지 않는 아내를 자기는 자기의 붓끝으로 만들어서 세상을 비웃어 주리라.

이 세상에 존재한 가장 아름다운 계집보다도 더 아름다운 계집을 자기의 붓끝으로 그리어서, 못나고도 아름다운 체하는 세상 계집들을 웃어주리라.

덜난 계집을 아내로 맞아가지고 천하의 절색•이라 믿고 있는 사내놈들도 깔보아 주리라.

사오 명의 처첩을 거느리고 좋다구나고 춤추는 헌놈•들도 굽어보아 주리라.

미녀! 미녀!

눈을 감고 생각하고, 눈을 뜨고 생각하고, 머리를 움켜쥐고 생각해 보나, 미녀의 얼굴이 어떤 것인지 알 수가 없었다.

물론 얼굴에 철요•가 없고 이목구비가 제대로 놓였으면 세상 보통의 미인이라 한다. 그런 얼굴에 연지•나 그리고 눈에 미소나 그려 넣으면 더 아름다워지기는 할 것이다. 이만한 것은 상상의 눈으로도 볼 수가 있는 자며, 붓끝으로 그릴 수도 없는 바가 아니다.

• 박정하다 인정이 박하다.
• 절색 견줄 데 없이 빼어나게 아름다운 여자.
• 헌놈 오래되어서 낡은, 성하지 않은 남자.
• 철요 요철(凹凸). 오목함과 볼록함. 울퉁불퉁함.
• 연지 여자가 화장할 때 입술이나 뺨에 찍는 붉은 빛깔의 염료.

그러나 가만 어린 시절의 어머니의 얼굴을 순영적• 으로나마 기억하는 이 화공으로서는 그런 미녀로는 만족할 수가 없었다.

오뇌와 분만 중에서 흐르는 세월은 일 년 또 일 년 무위히• 흘러간다.

미녀의 아랫동이• 는 그려진 지 벌써 수년. 그 아랫동이 위에 올려 놓일 얼굴은 어떻게 하여얄지 짐작도 가지 않았다.

화공의 오막살이 방 안에 들어서면 맞은편에 걸려 있는 한 폭 그림은, 언제든 어서 목과 얼굴을 그려주기를 기다리듯이 화공을 힐책한다•.

화공은 이것을 보기가 거북하였다.

특별한 일이라도 있기 전에는 낮에 거리에 다니지를 않던 이 화공이 흔히 얼굴을 싸매고 장안을 돌아다녔다.

행여나 길에서라도 미녀를 만날까 하는 요행심으로였다. 길에서 순간적으로라도 마음에 드는 미녀를 볼 수만 있으면 그것을 머리에 똑똑히 캐치하여• 그 기억으로써 화상을 그릴까 하는 요행심으로…….

- 순영적 순간적으로 비치는.
- 무위히 아무것도 하는 일이 없이. 이룬 것이 없이.
- 아랫동이 아랫도리. 아랫부분. 여기서는 머리 아랫부분을 뜻한다.
- 힐책하다 잘못된 점을 따져 나무라다.
- 캐치하다 알아차리거나 깨닫다.

그러나 내외법이 심한 이 도회에서 대낮에 양가 부녀가 얼굴을 내놓고 길을 다니지 않았다. 계집이라는 것은 하인배나 하류배뿐이었다.

하인배, 하류배에도 때때로 미녀라 일컬을 자가 있기는 있었다. 그러나 아무리 산뜻한 미를 갖기는 했다 하나, 얼굴에 흐르는 표정이 더럽고 비열하여 캐치할 만한 자가 없었다.

얼굴을 싸매고 거리로 방황하며, 혹은 계집들이 많이 모이는 우물가며 저자를 비슬비슬 방황하며 어찌어찌하여 약간 예쁜 듯한 계집이라도 보이면 따라가면서 얼굴을 연구해 보곤 했으나, 마음에 드는 미녀를 지금껏 얻어내지를 못하였다.

혹은 심규(深閨)에는 마음에 드는 계집이라도 있을까. 심규! 심규! 한번 심규의 계집들을 모조리 눈앞에 벌여 세우고 얼굴을 검사를 하여보았으면…….

초조하고 성가신 가운데서 날을 보내고 날을 맞으면서 미녀를 구하던 화공은, 마지막 수단으로 친잠상원(親蠶桑園)에 들어가서

- 내외법 예전에, 모르는 남녀가 서로 얼굴을 마주 대하지 못하도록 규칙으로 정해놓은 법을 이르던 말.
- 하인배 하인의 무리.
- 하류배 수준이나 계급이 낮은 무리.
- 심규 여자가 기거하는, 깊숙이 들어앉은 방이나 집.
- 친잠상원 뽕나무를 심어 기르는 밭.

채상하는• 궁녀의 얼굴을 얻어보려 하였다. 그러나 불행히도 화공의 모험도 헛길로 돌아가고, 그날은 채상을 하러 오지도 않았다.

그러나 때 바야흐로 누에 시절이라 길만성• 있게 기다리노라면 궁녀의 오는 날도 있을 것이다. 미녀, 아내의 얼굴을 그리려는 욕망에 열이 오르고 독이 난 이 화공은 그 이튿날도 또 뽕밭에 들어가 숨었다. 숨어 기다리지 않을 수가 없었다.

그로부터 한 달. 화공은 나날이 점심을 싸가지고 상원(桑園)으로 갔다. 그러나 저녁때 제 오막살이로 돌아올 때는 언제든 그의 입에서는 기다란 탄식성•이 나왔다.

궁녀를 못 본 바가 아니었다.

마치 여기 숨어 있는 화공에게 선보이려는 듯이 나날이 궁녀들은 번갈아 왔다. 한 떼씩 밀려와서는 옷소매, 치맛자락을 펄럭이며 뽕을 따 갔다. 한 달 동안에 합계 사오십 명의 궁녀를 보았다.

보았다. 모두 일률로 미녀들이었다. 그리고 길가, 우물가에서 허투루 볼 수 있는 미녀들보다 고아한• 얼굴에는 틀림이 없었다.

그러나 그 눈. 화공의 보는 바는 눈이었다.

- 채상하다 뽕을 따다.
- 길만성 정확한 뜻을 알 수 없으나, '참을성' 정도의 뜻인 듯함.
- 탄식성 한탄하여 한숨을 쉬는 소리.
- 고아하다 품격이 높고 우아하다.

그 눈에 나타난 애무와 동경이었다. 철철 넘쳐흐르는 사랑이었다. 그것이 궁녀에게는 없었다. 말하자면 세상 보통의 미녀였다.

그러나 자기에게 계집을 주지 않는 고약한 세상에게 보복하는 의미로 절세의 미녀를 차지하고자 하는 이 화공의 커다란 야심으로서는 그만 따위의 미녀로 만족할 수가 없었다.

오막살이로 돌아올 때마다 그의 입에서 나오는 기다란 한숨. 이런 한숨을 쉬기 한 달……. 그는 다시 상원에 가지 않았다.

가을 하늘 맑고 푸르른 어떤 날이었다.

마음속에 분만과 동경을 가득히 담은 이 화공은 저녁쌀을 씻으려 소쿠리를 옆에 끼고 시내로 더듬어 갔다.

가다가 문득 발을 멈추었다.

우거진 소나무 틈으로 보이는 시냇가 바위 위에 웬 처녀가 하나 앉아 있다. 솔가지 틈으로 내리비치는 얼룩지는 석양을 받고 망연히 앉아서 흐르는 시냇물을 내려다보고 있다.

웬 처녀일까.

인가에서 꽤 떨어진 이곳. 사람의 동리보다 꽤 높은 이곳. 길도 없는 이곳. 아직껏 삼십 년간을 때때로 초부• 나 목동의 방문은 받아본 일이 있지만, 다른 사람의 자취를 받아보지 못한 이곳에 웬

• 초부 땔나무를 하는 사람.

처녀일까?

화공도 망연히 서서 바라보았다. 바라볼 동안 가슴에 차차 무거운 긴장을 느꼈다.

한 걸음 두 걸음 화공은 발소리를 감추고 나아갔다. 차차 그 상거•가 가까워감을 따라서 분명하여 가는 처녀의 얼굴.

화공의 얼굴에는 피가 떠올랐다.

세상에 드문 미녀였다. 나이는 열일고여덟, 그 얼굴 생김이 아름답다기보다 얼굴 전면에 나타난 표정이 놀랄 만치 아름다웠다.

흐르는 시내에 눈을 부었는지 귀를 기울였는지, 하여간 처녀의 온 주의력은 시내에 모여 있다. 커다랗게 뜬 눈은 깜박일 줄도 잊은 듯이, 황홀한 눈으로 시내를 굽어보고 있다.

남벽•의 시냇물에는 용궁이 보이는가. 소나무 그루에 부딪혀서 튀어나는 바람에 앞머리를 약간 날리면서 처녀가 굽어보고 있는 것은 무엇인가.

처녀의 온 공상과 정열과 환희가 한꺼번에 모인 절묘한 미소를 눈과 입에 띠고 일심불란히• 처녀가 굽어보는 것은 무엇인가.

아아.

• 상거 떨어져 있는 두 곳의 거리.
• 남벽 짙은 푸른빛.
• 일심불란하다 한 가지에만 마음을 써서 마음이 흩어지지 아니하게 하다.

화공은 드디어 발견하였다. 그새 십 년간을 여항•의 길거리에서, 혹은 우물가에서, 내지는 친잠상원에서 발견하여 보려고 애쓰다가 종내 달하지 못한 놀랄 만한 아름다운 표정을 화공은 뜻 안한 여기서 발견하였다.

화공은 걸음을 빨리하였다. 자기의 얼굴이 얼마나 더럽게 생겼는지, 이 처녀가 자기를 쳐다보면 얼마나 놀랄지, 이 점을 온전히 잊고 걸음을 빨리하여 처녀의 쪽으로 갔다.

처녀는 화공의 발소리에 머리를 번쩍 들었다. 화공을 바라보았다. 그 무한히 먼 곳을 바라보는 듯한 기묘한 눈을 들어서.

"아!"

가슴이 무둑하여• 무슨 말을 하여야 할지 망설이며 화공이 반벙어리 같은 소리를 할 때에 처녀가 먼저 입을 열었다.

"여기가 어디오니까?"

여기가 어디?

"여기는 인왕산록 이름도 없는 산이지만, 너는 웬 색시냐?"

"네……."

문득 떠오르는 적적한 표정.

"더듬더듬 시내를 따라 왔습니다."

• 여항 여염. 백성들의 살림집이 많이 모여 있는 곳.
• 무둑하다 느낌이나 감정이 흥분된 상태에서 벅차다.

화공은 머리를 기울였다. 몸을 움직여 보았다. 무한히 먼 곳을 바라보는 듯한 처녀의 눈은 그냥 움직임 없이 커다랗게 뜨여 있기는 하지만, 어디를 보는지 무엇을 보는지 알 수가 없다. 드디어 화공은 부르짖었다.

"너, 앞이 보이느냐?"

"소경• 이올시다."

소경이었다. 눈물 머금은 소리로 하는 이 대답을 듣고 화공은 좀 더 가까이 갔다.

"앞도 못 보면서 어떻게, 무얼 하여 예까지 왔느냐?"

처녀는 머리를 푹 수그렸다. 무슨 대답을 하는 듯하였으나 화공은 알아듣지 못하였다. 그러나 화공으로 하여금 적이 호기심을 잃게 한 것은 처녀의 얼굴에 아까와 같은 놀라운 매력 있는 표정이 없어진 것이었다.

그만하면 보기 드문 미인임에는 틀림이 없다. 그러나 아까 화공이 그렇듯 놀란 것은 단지 미인인 탓이 아니었다. 그 얼굴에 나타난 놀라운 매력에 끌린 것이었다.

"불쌍도 허지. 저녁도 가까워오는데, 어둡기 전에 집으로 내려가거라."

이만치 하여 화공은 처녀를 포기하려 하였다. 이 말에 처녀가

• 소경 앞을 보지 못하는 사람.

응하였다.

"어두운 것은 탓하지 않습니다마는, 황혼은 매우 아름답지요?"

"그럼. 아름답구말구."

"어떻게 아름답습니까?"

"황금빛이 서산에서 줄기줄기 비치는구나. 거기 새빨갛게 물든 천하—푸르른 소나무도, 남빛 바위도, 검붉은 나무 그루도 모두 황금빛에 잠겨서……."

"황금빛은 어떤 것이고, 새빨간 빛과 붉은 빛이며 남빛은 모두 어떤 빛이오니까? 밝은 세상이라지만 밝은 빛과 붉은 빛이 어떻게 다릅습니까? 이곳 경치가 아름답다는 소문을 듣고 더듬어 왔습니다마는 바람 소리, 샘물 소리, 귀로 들리는 소리밖에는 어디가 아름다운지 알 수가 없습니다."

차차 다시 나타나는 미묘한 표정. 커다랗게 뜬 눈에 비치는 동경의 물결……. 일단 사라졌던 아름다운 표정은 다시 생기기 비롯하였다.

화공은 드디어 처녀의 맞은편에 가 앉았다.

"이 샘 줄기를 따라 내려가면 바다가 있구, 바닷속에는 용궁이 있구나. 칠색 비단을 감은 기둥과 비취*를 아로새긴 댓돌이며 황

* 비취 반투명체로 된 짙은 푸른색의 윤이 나는 구슬.

금으로 만든 풍경, 진주로 꾸민 문설주……."

마주 앉아서 엮어 내리는 이 화공의 이야기에 각일각 더욱 황홀하여 가는 처녀의 눈이었다. 화공은 드디어 이 처녀를 자기의 오막살이로 데리고 돌아갈 궁리를 하였다.

"내 용궁 이야기를 들려주마. 너의 집에서 걱정만 안 하실 것 같으면."

화공이 이렇게 꼬일 때에 처녀는 그의 커다란 눈을 들어서 유원히 하늘을 우러러보면서 자기네 부모는 병신 딸 따위는 없어져도 근심을 안 한다고 쾌히 화공의 뒤를 따랐다.

일사천리로 여기까지 밀려오던 여의 공상은 문득 중단되었다.

이야기를 어떻게 진전시키나?

잡념이 일어난다. 동시에 여의 귀에 들려오는 한 절의 유행가.

여는 머리를 들었다. 저편 뒤 어디 잡인들이 온 모양이다. 그 분요가 무의식중에 귀로 들어와서 여의 집중되었던 머리를 헤쳐놓는다.

- 풍경 처마 끝에 다는 작은 종. 속에는 붕어 모양의 쇳조각을 달아 바람이 부는 대로 흔들리면서 소리가 난다.
- 문설주 문짝을 끼워 달기 위해 문의 양쪽에 세운 기둥.
- 각일각 시간이 가는 대로 자꾸자꾸.
- 유원히 아득히 멀리.
- 분요 어수선하고 소란스러움.

귀찮은 가사들이여. 저주받을 가사들이여.

이 저주받을 가사들 때문에 중단된 이야기는 좀처럼 다시 모이지 않았다.

그러나 결말 없는 이야기가 어디 있으랴. 되었든 안 되었든 결말은 지어야 할 것이 아닌가.

그러면 그 화공은 처녀를 데리고 제 오막살이로 돌아와서 용궁 이야기를 들려주면서 그 동안에 처녀의 얼굴을 그대로 그려서 십 년래의 숙망•을 성취하였다는 결말로 맺어버릴까?

그러나 이런 싱거운 결말이 어디 있으랴? 결말이 되기는 되었지만 이따위 결말을 짓기 위하여 그런 서두는 무의미한 거다.

그러면?

그럼 다르게 결말을 맺어볼까?

화공은 처녀를 제 오막살이로 데리고 돌아왔다. 그리고 처녀에게 용궁 이야기를 들려주었다. 그러나 아까 용궁 이야기로 초벌• 들은 처녀는 이번은 그렇듯 큰 감흥도 느끼지 않는 모양으로 그다지 신통한 표정도 보이지 않았다. 화공의 계획은 수포로 돌아갔다. 화공은 그 그림을 영 미완품 채로 남기지 않을 수 없었다.

역시 마음에 들지 않는 결말이다.

• 숙망 오래전부터 품고 있는 소원.
• 초벌 같은 일을 여러 차례 거듭해야 할 때에, 맨 처음 대강 하여 낸 차례.

그럼 또다시!

화공은 처녀를 데리고 돌아왔다. 돌아와서 처녀를 보면 볼수록 탐스러워서* 그림은 집어던지고 처녀를 아내로 삼아버렸다. 앞을 못 보는 처녀는 이 추하게 생긴 화공에게도 아무 불만이 없이 일생을 즐겁게 보냈다. 그림으로나 아내를 얻으려던 화공은 절세의 미녀를 아내로 얻게 되었다.

역시 불만이다.

귀찮고 성가시다. 저주받을 유행 가사여.

여는 일어났다. 감흥을 잃은 이 자리에 그냥 앉아 있기가 싫었다. 그냥 들리는 유행가. 그것이 안 들리는 곳으로 자리를 옮기자.

굽어보매 저 멀리 소나무 틈으로 한 줄기 번득이는 것은 아까의 샘물이다.

그 샘물로, 가장 이 이야기의 원천이 된 그 샘으로 내려가자.

벼랑을 내려가기는 올라가기보다 더 힘들었다. 올라가는 것은 올라가다가 실수하여 떨어지면 과즉 제자리에 내린다. 그러나 내려가다가 발을 실수하면 어디까지 굴러갈지 예측할 길이 없다. 잘못하다가는 청운동 어귀까지 굴러갈는지도 모를 일이다. 게다가 올라갈 때에는 도움이 되던 스틱조차 내려갈 때에는 귀찮기 짝이

* 탐스럽다 가지고 싶은 마음이 들 정도로 보기가 좋고 끌리는 데가 있다.

없다.

반각•이나 걸려서 여는 드디어 그 샘가에 도달하였다.

샘가에는 과연 한 개의 바위가, 사람 하나 앉기 좋을 만한 자리가 있다. 이 바위가 화공이 쌀 씻던 바위일까. 처녀가 앉아서 공상하던 바위일까. 그 아래의 샘은 남벽•으로 알았더니, 겨우 한 뼘 미만의 얕은 물로서 바위 위를 기운 없이 똘똘 흐르고 있다.

그러나 이 골짜기는 고요하기 짝이 없었다. 바람 소리도 멀리 위에서만 들린다. 그리고 소나무와 바위에 둘러싸여서 꽤 음침한 이 골짜기는, 옛날 세상을 피한 화공이 즐겨하였음 직하다.

자, 그러면 이 골짜기에서 아까 그 이야기의 꼬리를 마저 지을까.

화공은 처녀를 데리고 오막살이로 돌아왔다.

그의 마음은 너무도 긴장되고 또한 기뻐서 저녁도 짓기 싫었다. 들어와 보매 벌써 여러 해를 머리 달리기를 기다리는 족자•의 여인의 몸집조차 흔연히• 화공을 맞는 듯하였다.

"자, 거기 앉아라."

• 반각 시간의 단위. 1각은 하루의 100분의 1인 14분 24초(약 15분)이다.
• 남벽 남빛을 띤 짙은 푸른색.
• 족자 그림이나 글씨 따위를 벽에 걸거나 말아둘 수 있도록 만든 물건.
• 흔연히 기쁘거나 반가워 기분이 좋게.

수년간 화공을 힐책하던 머리 없는 그림이 화공의 앞에 펴졌다. 단청•도 준비되었다.

터질 듯 울렁거리는 마음으로 폭 앞에 자리를 잡은 화공은, 빛이 비치도록 남향하여 처녀를 앉히고 손으로는 붓을 적시며 이야기를 꺼내었다.

벌써 황혼. 인제 얼마 남지 않은 오늘 해로써 숙망을 달하려 하는 것이었다. 십 년간을 벼르기만 하면서 착수•를 못 하기 때문에 저축되었던 화공의 힘은 손으로 모였다.

"그러구…… 알겠지?"

눈으로는 처녀의 얼굴을 보며 입으로는 용궁 이야기를 하며 손은 번개같이 붓을 둘렀다.

"용궁에는 여의주라는 구슬이 있구나. 이 여의주라는 구슬은 마음에 있는 바는 다 달할 수 있는 보물로서, 그 구슬을 네 눈 위에 한번 굴리면 너도 광명한 일월을 보게 된다."

"네? 그런 구슬이 있습니까?"

"있구말구. 네가 내 말을 잘 듣고 있기만 하면 수일 내로 너를 데리고 용궁에 가서 여의주를 빌려서 네 눈도 고쳐주마."

"그러면 저도 광명한 일월을 볼 수가 있겠습니까?"

• 단청 여러 가지의 고운 빛깔.
• 착수 어떤 일에 손을 댐. 또는 어떤 일을 시작함.

"그럼. 광명한 일월, 무지개라는 칠색이 영롱한 기묘한 것, 아름다운 수풀, 유수한 골짜기, 무엇인들 못 보랴!"

"아이구, 어서 그 여의주라나를 구해서……"

아아. 놀라운 아름다운 표정이었다. 화공은 처녀의 얼굴에 나타나 넘치는 이 놀라운 표정을 하나도 잃지 않고 화폭 위에 옮겼다.

황혼은 어느덧 밤으로 변하였다. 이때는 그림의 여인에게는 단지 눈동자가 그려지지 않은 뿐, 그 밖의 것은 죄 완성이 되었다.

동자까지 그리고 싶었다. 그러나 이 그림의 생명을 좌우할 눈동자를 그리기에는 날은 너무도 어두웠다.

눈동자 하나쯤이야 밝는 날로 남겨둔들 어떠랴. 하여간 십 년 숙망을 겨우 달한 화공의 심사는 무엇에 비기지 못하도록 기뻤다.

"아— 아."

이 탄성은 오래 벼르던 일이 끝난 때에 나는 기쁨의 소리였다.

이 일단의 안심과 함께 화공의 마음에는 또 다른 긴장과 정열이 솟아올랐다.

꽤 어두운 가운데서 처녀의 얼굴을 유심히 보기 위하여 화공이 잡은 자리는 처녀의 무릎과 서로 닿을 만치 가까웠다. 그림에 대한 일단의 안심과 함께 화공의 코로 몰려 들어오는 강렬한 처녀의 체취와 전신으로 느끼는 처녀의 접근 때문에 화공의 신경은 거의 마비될 듯싶었다. 차차 각일각 몸까지 떨리기 시작하였다. 어두움 가운데서 황홀스러이 빛나는 처녀의 커다란 눈과 정열로 들먹거리는 입술은 화공의 정신까지 혼미하게 하였다.

드디어 화공의 불붙는 입술이 처녀의 뺨으로 달려갔다. 뺨에서는 입술로, 입술에서 다시 뺨으로 어지러이 돌아다닐 동안 화공은 처녀의 입술도 응함이 있는 것을 느꼈다.

밝는 날 함께 자리에서 일어난 화공과 소경 처녀의 두 사람은 벌써 남이 아니었다.

"오늘은 동자를 완성시키리라."

삼십 년의 독신 생활을 벗어버린 화공은 삼십 년간을 혼자 먹던 조반을 소경 처녀와 같이 먹고 다시 그림 폭 앞에 앉았다.

"용궁은……"

기쁨으로 빛나는 처녀의 눈!

그러나 화공의 심미안•에 비친 그 눈은 어제의 눈이 아니었다.

아름답기는 다시없는 아름다운 눈이었다. 그러나 그 눈은 사내의 사랑을 구하는 '여인의 눈'이었다. 병신이라 수모받던 전생을 벗어버리고 어젯밤 처음으로 인생의 봄을 맛본 처녀는, 인제는 한 개의 그 지어미의 눈이요 한 개의 애욕•의 눈이었다.

"용궁은……"

• 심미안 아름다움을 살펴 찾는 안목.
• 애욕 이성에 대한 성적 욕망.

"용궁에 어서 가서 여의주를 얻어서 제 눈을 띄어주세요. 밝은 천지도 천지려니와 당신을 어서 눈 뜨고 보고 싶어."

어젯밤 잠자리에서 자기는 스물네 살 난 풍신* 좋은 사내라고 자랑한 화공의 말을 그대로 믿는 소경 처녀였다.

"응. 얻어주지. 그 칠색이 영롱한……."

"그 칠색도 어서 보고 싶어요."

"그래, 그래. 좌우간 지금 머리로 생각해 보란 말이야."

"네. 참 어서 보고 싶어서……."

굽어보면 무릎 앞의 그림은 어서 한 점 동자를 찍어주기를 기다리고 있다.

그러나 소경의 눈에 나타난 것은 아름답기는 아름다우나 그것은 애욕의 표정에 지나지 못하였다. 그런 눈을 그리려고 십 년을 고심한 것이 아니었다.

"자, 용궁을 생각해 봐!"

"생각이나 하면 뭘 합니까? 어서 이 눈으로 보아야지."

"생각이라도 해보란 말이야."

"짐작이 가야 생각도 하지요."

"어제 생각하던 대로 생각을 해봐!"

"네……."

* 풍신 풍채. 드러나 보이는 사람의 겉모양.

화공은 드디어 역정을 내었다.

"자, 용궁! 용궁!"

"네……."

"용궁을 생각해 봐! 그래 용궁이 어때?"

"칠색이 영롱하구요……."

"그래. 또?"

"또 황금 기둥, 아니 비단으로 싼 기둥이 있구요. 또 푸른 진주가……."

"푸른 진주가 아냐! 푸른 비취지."

"비취 추녀던가, 문이던가……."

"에익! 바보!"

화공은 커다란 양손으로 칵 소경의 어깨를 잡았다. 잡고 흔들었다.

"자, 다시 곰곰이…… 용궁은?"

"용궁은 바닷속에……."

겁에 띠어서• 어릿거리는• 소경의 양에 화공은 손으로 소경의 따귀를 갈기지 않을 수가 없었다.

"바보!"

• 띠다 감정이나 기운 따위를 나타내다. '겁에 띠어서'는 '겁먹은 감정을 드러내며'의 뜻.
• 어릿거리다 말과 행동이 활발하지 못하고 생기 없이 움직이다.

이런 바보가 어디 있으랴. 보매 그 병신 눈은 깜박일 줄도 모르고 허공을 바라보고 있다. 그 천치 같은 눈을 보매 화공의 노염은 더욱 커졌다. 화공은 양손으로 소경의 멱을 잡았다.

"에이 바보야. 천치야. 병신아."

생각나는 저주의 말을 연하여 퍼부으면서 소경의 멱을 잡고 흔들었다. 그리고 병신다히• 멀겋게 뜬 눈자위에 원망의 빛깔이 나타나는 것을 보고 더욱 힘있게 흔들었다.

흔들다가 화공은 탁 그 손을 놓았다. 소경의 몸이 너무도 무거워졌으므로.

화공의 손에서 놓인 소경의 몸은 눈을 뒤솟은• 채 번뜻 나가넘어졌다. 넘어지는 서슬에 벼루가 전복되었다. 뒤집어진 벼루에서 튀어난 먹방울이 소경의 얼굴에 덮였다.

깜짝 놀라서 흔들어 보매, 소경은 벌써 이 세상의 사람이 아니었다.

화공은 어찌할 줄을 몰랐다. 망지소조하여• 허든거리던• 화공은 눈을 뜻 없이 자기의 그림 위에 던지다가 '악!' 소리를 내며 자빠졌다.

• 다이 다히. '처럼, 같이'의 옛말.
• 뒤솟다 뒤어쓰다. 눈알이 위쪽으로 쏠려서 흰자위만 드러나게 뜨다.
• 망지소조하다 너무 당황하거나 급하여 어찌할 줄을 모르고 갈팡질팡하다.
• 허든거리다 다리에 힘이 없어 중심을 잃고 이리저리 자꾸 헛디디다.

그 그림의 얼굴에는 어느덧 동자가 찍히었다. 자빠졌던 화공이 좀 정신을 가다듬어 가지고 몸을 겨우 일으켜서 다시 그림을 보매, 두 눈에는 완연히 동자가 그려진 것이었다.

그 동자의 모양이 또한 화공으로 하여금 다시 털썩 엉덩이를 붙이게 하였다. 아까 소경 처녀가 화공에게 멱을 잡혔을 때에 그의 얼굴에 나타났던 원망의 눈. 그림의 동자는 완연히 그것이었다.

소경이 넘어지는 서슬에 벼루를 엎는다는 것은 기이할 것도 없고, 벼루가 엎어질 때에 먹방울이 튄다는 것도 기이하달 수도 없지만, 그 먹방울이 어떻게 그렇게도 기묘하게 떨어졌을까? 먹이 떨어진 동자로부터 먹물이 번진 홍채에 이르기까지 어찌도 그렇듯 기묘하게 되었을까?

한편에는 송장, 한편에는 송장의 화상• 을 놓고 망연히 앉아 있는 화공의 몸은 스스로 멈출 수 없이 와들와들 떨렸다.

수일 후부터 한양성 내에는 괴상한 여인의 화상을 들고 음울한 얼굴로 돌아다니는 늙은 광인(狂人) 하나가 생겼다.

그의 내력을 아는 사람이 없었고, 그의 근본을 아는 사람이 없었다. 그 괴상한 화상을 너무도 소중히 여기므로 사람들이 보고자 하면 그는 기를 써서 보이지 않고 도망하여 버리고 한다.

• 화상 사람의 얼굴을 그림으로 그린 형상.

이렇게 수년간을 방황하다가 어떤 눈보라 치는 날 돌베개를 베고 그의 일생을 막음하였다. 죽을 때도 그는 그 족자는 깊이 품에 품고 죽었다.

늙은 화공이여! 그대의 쓸쓸한 일생을 여는 조상하노라.

여는 지팡이로써 물을 두어 번 저어보고 고즈넉이 몸을 일으켰다.

우러러보매 여름의 석양은 벌써 백악 위에서 춤추고, 이 천고의 계곡을 산새가 남북으로 건넌다.

《야담》 1935년 12월호에 발표된 작품을 바탕으로 함.

• 막음하다 끝나다. 끝내다.
• 조상하다 남의 죽음에 대하여 슬퍼하는 뜻을 드러내어 상주(喪主)를 위문하다.

작품 이해하기

<광화사>는 《야담》 1935년 12월호에 발표된 작품으로, 이야기가 기술되는 현재와 그 이야기가 진행되는 과거라는 두 개의 시공간을 갖는 액자소설이다. 현재 시점에서 이야기를 서술하는 화자는 '여'다. 여는 인왕산 기슭에 산책 나와 자연의 유수한 맛에 젖어 있다가 옛이야기 한 토막을 꾸며보기로 하는데, 작품 속 '여'는 작가 자신이라 보아도 무방하다.

<광화사>는 미친 화가의 '미인도'에 얽힌 이야기다. 솔거는 흉측하고 못생긴 외모 때문에 사람들을 피해 숨어 산다. 그러다 보니 여자를 만날 수도 없고 결혼은 더더욱 생각지 못한다. 솔거는 세상에서 가장 아름다운 여인의 모습을 그려 그림이나마 곁에 두려고 하는데, 그 대상을 찾기 힘들었다. 그러다 우연히 만난 소경 처녀를 통해 미인도를 완성해 가지만, 마지막 눈동자를 그리지 못했다. 용궁 이야기를 듣고 동경에 찬 신비한 눈빛을 가졌던 소경 처녀는 솔거와 부부의 인연을 맺게 된 후 신비로운 눈빛은 사라지고 애욕을 갈구하는 눈빛을 띠게 된다. 솔거가 소경 처녀의 눈빛을 되돌리려고 하지만 실패하고, 결국 그녀를 죽음에 이르게 한다. 하지만 그 순간 먹물 방울이 튀어 눈동자가 완성되나, 그 모양은 원망의 눈빛이 되어버린다. 이 일로 미

친 솔거는 화상을 들고 다니면서 광인으로 불리다가 눈보라 치던 날 미인도를 품은 채 쓸쓸히 죽어간다. 기나긴 공상에서 벗어난 '여'가 자리에서 일어나며 이야기는 끝이 난다.

이 작품은 예술이 존재한 이후 늘 논쟁이 되어왔던 절대미의 추구에 대한 질문, 바로 '절대미란 완성할 수 있는가?' 아니 '절대미란 과연 존재하는 것인가?'에 대한 질문을 던지고 있다. 이 작품의 결말에서 보이는 '죽음, 미완성, 광인'이라는 키워드가 그 질문에 대한 답일지도 모르겠다. 그렇게 본다면, 절대미를 추구하던 김동인 또한 자신의 한계를 인식하고 있었던 것이 아닐까 싶다.

작품 깊이읽기

미완성의 미인도

서술자는 도입부에서 이야기를 꾸미며 추악한 얼굴의 한 화공을 주인공으로 하기로 한다. 그저 귀찮으니 '솔거라고 해두자'며 붙여진 이름은 우리에게 익히 알려진 신라 시대 <노송도>를 그린 인물이다. 그가 그린 <노송도>는 실제 소나무와 흡사해 새들이 서로 앉으려고 아우성쳤다는 전설이 있다. 신라 시대의 솔거는 걸작을 완성한 천재적인 화공이었으나 <광화사>의 솔거는 어떠한가? 그렇게 그려지지 않던 눈동자가 먹물이 튀어 완성되나, 원하던 미인의 눈동자가 아니었고 결국 솔거는 미인도를 완성하지 못한 채 쓸쓸히 죽는다.

솔거가 미인도를 완성하지 못한 이유는 두 가지다. 하나는, 소경 처녀가 세속적인 '인생의 봄'을 맛봄으로써 눈빛이 변해버렸기 때문이다. 다른 하나는, 소경 처녀를 바라보는 솔거 자신의 심미안 역시 변해 있었기 때문이다. 소경 처녀에게 세속적인 욕망을 물들인 것은 바로 솔거 자신이다. 더구나 자신의 눈마저도 변해버렸기 때문에, 다음 날 아침 미인도를 완성하려는 예술혼에 사로잡히지만, 절대미를 완성할 수 없음에 분노를 이기지 못해 처녀를 죽게 하고 결국 그는 광인이 되고 만다.

미(美)가 악마적일 수 있다니

김동인은 이광수가 추구한 계몽주의를 배격하고 예술의 자율성을 강조하며 '악'도 미라고 했다. 부정적인 것들을 적극적으로 수용하고 있어 이를 '악마주의적 미학관'이라고도 한다. 이 작품에서 솔거는 눈동자를 그릴 수 없게 되자 광기에 휩싸인 채 죄 없는 소경 처녀를 죽음에 이르게 한다. 솔거에게는 윤리와 도덕 같은 가치보다 미적 가치가 더 중요해 보인다.

힘있는 예술, 선이 굵은 예술, 야성으로 충일된 예술. 우리는 이것을 기다린 지 오랬습니다. 그럴 때에 백성수가 나타났습니다. 사실 말이지 백성수의 그의 예술은 그 하나하나가 모두 우리의 문화를 영구히 빛낼 보물입니다. 우리의 문화의 기념탑입니다. 방화? 살인? 변변치 않은 집, 변변치 않은 사람은 그의 예술의 하나가 산출되는 데 희생하라면 결코 아깝지가 않습니다.

〈광염 소나타〉에서

김동인은 예술의 산출을 위해서라면 방화와 살인도 문제없고 변변치 않은 사람 정도는 희생할 수 있다고 한다. 그러나 예술은 비범한 것이기 이전에 현실의 일부이며 현실을 인식하고 표현하는 것인 만큼 현실과 대립될 수 없으며, 이는 현실 속에서 의미를 지니지 못하면 그 존재 의의가 없어진다는 뜻이기도 하다. 그래서 시체를 던져 온몸이 터지게 하거나 죽은 여인의 시체를 강간하는 행위는 좀처럼 수긍하기 어렵다. 김동인의 이런 악마주의적 예술관은 어떻게 나온 것일까?

<광화사>와 <광염 소나타>를 쓰기 전, 김동인은 경제적 파산과 아내의 가출에 대한 배신감으로 정신적 불안과 절망, 허무와 권태, 저주와 분노가 극에 달했을 것이다. 불면증과 아편 중독까지 겹쳐 심신이 만신창이가 된 김동인은 현실이 변변치 않은 것으로 채워져 있다고 믿었으며 이러한 현실을 변혁할 획기적인 것을 <광염 소나타>, <광화사> 같은 작품으로 해소한 것 같다.

작가와 작품 속 인물을 동일시하는 것, 작품의 세계를 작가의 현실로 여기는 것은 편협한 사고이다. 그러나 작품은 작가의 사상, 가치관 등 내면을 담아내는 일종의 그릇이자 작가의 분신이며 그림자이기도 하다.

쓸쓸함과 허무함

이 작품의 마지막 장면에서 '여'는 '늙은 화공이여! 그대의 쓸쓸한 인생을 조상하노라.'라고 말하고 있다. 이는 마치 김동인이 자기 자신에게 하는 말 같기도 하다. 절대미를 추구하며 악마주의적 미학관에 빠져, 스스로 광인이 되어감을 느끼던 자신의 삶에 대한 허무함을 드러낸 것이 아닐까?

작품 속에서 세계의 창조주가 되어 인물들의 인생을 지배하는 절대자의 지위를 가졌던 그 역시 세상 앞에서 초라한 인간에 지나지 않음을 깨닫게 된다. 그 뒤 그가 느낀 허무함과 공허감을 자신의 일생을 다룬 수필 〈무지개〉(1930)에서도 발견할 수 있다.

'저 무지개를 가져다가 뜰 안에 갖다 놓으면 얼마나 훌륭하고 아름다울 것인가?'

"아, 무지개! 그것은 마침내 사람의 손으로 잡지 못할 것인가!"

아직껏 그와 같은 길을 걸은 수많은 소년들의 부르짖는 그 부르짖음을 이 소년은 여기서 또한 부르짖지 않을 수 없었다.
그리고 그는 여기서 그 야망을 마침내 단념하기로 결심한 것이었다.
그때에는 이상타. 아직껏 머리는 갑자기 하얗게 되고, 그의 얼굴에는 전면에 수없이 주름살이 잡혔다.

어쩌면 그는 소년 시절부터 평생을 허공에서, 영원히 잡히지 않는 무지개를 뜰 안에 갖다 놓고자 한 것인지도 모른다. 그리고 어느 날 그 무지개의 본질을 깨닫게 되고, 거울 속 하얗게 된 머리와 주름살만 남은 자신을 발견한 허무감이 전해진다.

<광화사>라는 무대 위에 분신과도 같은 인형 '솔거'를 실컷 조종하다가 결말에 '조상하노라'고 한 것을 보면, 결국 그도 현실을 변혁할 그 획기적인 것은 이루지 못한 실패를 인정한 것으로 보인다.

김동인과 신문학

전영택

동인이 간 지 5년이 되었다. 1950년 육이오 다음 해 1월 5일에 작별했으니, 벌써 만 5년이 가까워온다. 춘원이 납치되어 가고 뒤이어 동인이 고인이 되니, 한국의 문단은 마치 대홍수에 거목들이 뽑혀 간 듯, 큰 집이 그 터전 채 떠내려간 듯한 느낌이 있다.

사변 후 수년을 해외에서 지내다가 지난가을에 돌아온 나는, 친구였던 춘원과 동인을 잃어 적막감을 이길 길이 없다. 육이오동란이 조국에 던져준 처참한 재앙과 재난은 말할 것도 없거니와, 우리 문단에도 또한 커다란 불행을 가져다주었다. 물론 그때의 동인은 병이 든 후라 몸이 극도로 쇠약했기 때문에 그의 건강 문제가 염려된 것은 사실이지만, 겨우 오십 고개를 넘은 그가, 그렇게 강단이 있는 이가 그렇게도 쉽게 간 것은 확실히 사변 때문이라고 아니 할 수 없다. 원체 쇠약한 몸에 피란도 못 가고 서울에 남아서 그가 꿈에도 싫어하던 그 무서운 공산 치하에서 지긋지긋한 고생을 겪으면서, 우선 먹지 못하고 자심한 심적 압박과 고민에 견뎌낼 수가 없었던 것이다.

우리 문단을 위하여, 한국 문학의 장래를 생각하여, 특히 신문예운동의 거장으로서 김동인을 아끼고 애모하는 정은 결코 나 한 사람이 아닐 것이다. 그의 성격이 극히 순량하고 우정이 두터우므로 친구로서나 그의 지도를 받은 후배로서나 그를 애모하는 마음이 간절하여, 동인이 좀 더 살아주었더라면 하는 생각은 일반일 것이다. 인간으로서의 우정보다도, 한국에 있어서의 동인의 지위와 그 공적은 너무나 크고 뚜렷한 것은 누구나 부인할 자가 없을 것이다.

무엇보다도 동인은 한국의 신문예운동의 제일인자로 그 공이 큰 것은 모든 문학인들이 시인하는 바요, 자기 자신도 그것을 한 프라이드로 알고 있었다. 자기가 나서서 비로소 참된 의미의 한국의 순문학다운 문학은 출발되었다고까지 말하기를 꺼리지 아니할 만하였던 것이다. 우리 몇 사람이 문예잡지를 1919년 2월에 내놓은 것은 한국에 있어서 처음으로 순문예운동의 기치를 든 것이라 하고, 계몽문학의 역을 지나서 근대문학으로서의 본질적인 의미를 갖춘 본격적인 문예운동이라고 평하거니와, 동인 자신이 "이 《창조》가 순전한 문예잡지의 효시인 동시에 구체적인 문예운동의 시초"라고 장담하였다.

《조선일보》 '1955년 9월 24일자'에서

김동인을 읽다

1판 1쇄 발행일 2021년 6월 28일

지은이 전국국어교사모임

발행인 김학원
발행처 (주)휴머니스트출판그룹
출판등록 제313-2007-000007호(2007년 1월 5일)
주소 (03991) 서울시 마포구 동교로23길 76(연남동)
전화 02-335-4422 **팩스** 02-334-3427
저자·독자 서비스 humanist@humanistbooks.com
홈페이지 www.humanistbooks.com
유튜브 youtube.com/user/humanistma **포스트** post.naver.com/hmcv
페이스북 facebook.com/hmcv2001 **인스타그램** @humanist_insta

편집책임 문성환 **편집** 김사라 **디자인** 이수빈
용지 화인페이퍼 **인쇄** 청아디앤피 **제본** 정민문화사

ISBN 979-11-6080-411-9 43810